Diogenes Taschenbuch 23340

de
te
be

Sibylle Mulot

Das ganze Glück

Eine Liebesgeschichte
Mit einem Hafis-Orakel
im Anhang

Diogenes

Die Erstausgabe erschien 2001 im Diogenes Verlag
Für die deutsche Fassung des Orakels
wurden folgende Übersetzungen benutzt:
Vinzenz von Rosenzweig-Schwannau:
Der Diwan des Hafis, persisch und deutsch,
3 Bde., Wien 1858–1864
Friedrich Bodenstedt: *Der Sänger von Schiras. Hafisische Lieder,* Berlin 1877
Friedrich Rückert: *Ghaselen des Hafis,*
München 1926
Johann Christoph Bürgel:
Muhammad Schams Ad-Din Hafis. Gedichte aus dem Diwan,
Stuttgart 1972
Umschlagillustration:
Kees van Dongen, ›Tango‹, 1923–35

Veröffentlicht als Diogenes Taschenbuch, 2002

www.diogenes.ch
100/02/52/1
ISBN 3 257 23340 X

Inhalt

Debakel

Bleigießen wäre harmlos gewesen. Harmloser als dieses Orakel, das Sanda kurz vor Silvester beim Aufräumen fand und ihren Gästen als Gesellschaftsspiel in der Stunde vor Mitternacht präsentierte: einundvierzig handgeschriebene Tabellen mit einzelnen Buchstaben, dazu das Zahlenquadrat, mit dem man seine persönliche Tabelle fand, und ein Block Papier, um die Buchstaben hintereinander aufzuschreiben.

Das Ergebnis hätte nicht peinlicher ausfallen können, wenn sie für ihre Party einen sadistischen Wahrheitsfanatiker angeheuert hätte, der um Mitternacht grell kostümiert und irre lachend aus einer Tonne gestiegen wäre, um sie alle einzeln vorzunehmen.

Ahnungslos buchstabierte die junge Kollegin, die sich immer so sorgfältig schminkte, den folgenden Spruch heraus: »Nicht jeder, der sein Antlitz schmückt, versteht sich Liebreiz zu verschaffen.«

Der einzige Mann in der Runde, ein Ehemann – seine Frau saß neben ihm –, sprang sofort in die Bresche. Er ließ keinen Unmut aufkommen und entzifferte unter kleinen Witzchen sein eigenes Orakel. Es hieß: »Die Sitte, ungetreu zu sein, zeigt klar sich jedem Blick.«

Alle saßen wie versteinert. Dann fing er ruckartig an zu lachen und dem Orakel mit dem Finger zu drohen. Seine Frau schaute begriffsstutzig drein, aber eine zweite Frau, ihm gegenüber, wurde so rot, daß in diesem Augenblick alle erkannten: Die haben was miteinander! Natürlich! Sie arbeitet ja für denselben Sender!

An dieser Stelle hätte Sanda die Séance liebend gerne abgebrochen, aber es ging nicht. Die Ehefrau, eine scheue, nicht allzu lebenstüchtige Person, buchstabierte bereits an ihrem Spruch herum: »Außer deiner Schwelle bin ich jeden Zufluchtsorts beraubt.« Das nahm sie vertrauensvoll und ein wenig leer in die Runde blickend zur Kenntnis.

Nun kam die Reihe an die heimliche Geliebte. Ihre Finger zitterten. Sie war eine starke Persönlichkeit und feierte gerade mit der Produktion einer Vorabendserie Triumphe, in der ein Priester und ein Pfarrhaus die Hauptrolle spielten: »Ich und Heil und fromme Werke? Niemand glaubt doch wohl daran!« – Darüber konnten sie zum ersten Mal an diesem Abend lachen. Nicht sehr laut und befreiend, aber immerhin.

Sanda hatte nicht mehr die leiseste Ahnung, was in den Tabellen überhaupt für Sprüche verborgen waren. Es war so lange her. Aber das Orakel hatte seine Allwissenheit erwiesen, man glaubte jetzt daran. Die Älteste in der Runde bekam den Spruch: »Nie hält ein süßer Mund, was er versprochen hat« – was vordergründig keinen Sinn ergab. Aber man dachte, sie wird schon wissen, die Kinder, die Enkel, solche Weisheiten stimmen immer. Der letzte Gast war Sandas beste Freundin Lisbeth, die seit einem schweren Unfall einen kaputten Rücken hatte. Sie erhielt den Satz: »Weh, daß ohne Rettung mich der Schmerz verzehrt.«

»Unerhört! Unglaublich!« riefen die Gäste jetzt und ließen ihrem Unmut freien Lauf. »Und das einer Schmerzpatientin! Was ist das überhaupt für ein Ding? Wo hast du es her?«

»Von mir selbst!« sagte Sanda reuevoll. »Vor vielen Jahren hab ich es nach persischem Vorbild angefertigt, um mir die Zukunft weissagen zu können. All diese Sprüche sind Zeilen aus Gedichten des großen Hafis. Den kennt ihr ja wohl. Den Dichter, der Goethe zum *West-östlichen Divan* inspiriert hat.«

»Und?« fragte die frisch enttarnte Geliebte spitz. »Hat es geholfen?«

»Ach«, sagte Sanda. »Nur eine Jugendliebe! Es war nichts Ernstes. Vergeben und vergessen.«

Sie spürte Blicke. Von Ehemann, Ehefrau und den Frommen Werken.

»Jugendliebe ist der falsche Ausdruck«, gab sie zu. »Wir waren Mitte Zwanzig. Die Zeit, in der manche ans Heiraten denken. Aber dies hier« – sie sammelte die Tafeln mit den Buchstaben ein, die in ihrer Zusammenhanglosigkeit so harmlos wirkten – »ist nur ein Spiel. Die Arbeit daran hat mir großen Spaß gemacht.«

Es wurde zwölf Uhr. Sie hoben die Gläser. In ziemlich gedrückter Stimmung stießen sie auf das Neue Jahr an.

Sie versicherten sich gegenseitig, daß sie an Orakel gar nicht glaubten. Daß strenggenommen all diese Sprüche auf alle paßten, wenn man nur genügend Parameter zusammentrüge, ja, alle auf alle. Die Gäste verabschiedeten sich, und Sanda sank auf die Couch. Sie fühlte sich erschöpft.

Nach einiger Zeit sprang sie auf. Sie holte den kleinen geflochtenen Koffer aus dem Schrank, in dem sie Papiere und Wäsche aufbewahrte – Kopfkissenbezüge in sonderbaren Formaten, für die es keine Kissen mehr gab –, und stieß auf eine silberne Dose und ein paar Fotos. Obenauf lag eine Ansichtskarte von Dubai. Der Stich zwischen die Rippen überraschte sie. Es schmerzt ja noch! dachte sie verwundert.

Sie schloß die Augen und überließ sich der Erinnerung.

Der indische Prinz

In der Meierei hatte sie ihn zum ersten Mal gesehen.

Ferraghani saß an einem dunkelgrün lackierten Tisch und las. Seine Hände waren heller als sein Gesicht. Wenn er die Seiten umwandte, sah sie die glänzenden Haare auf seinen Fingerwurzeln wie eigenständige kleine Wesen. Die Sonne schien durch die Hainbuchen, die ersten Herbstfäden schwebten durch den Park.

In der Cafeteria der Bibliothek sah sie ihn wieder, im gelbgetünchten Kellerraum der Neuen Hofburg, wo die Kellnerin auf bandagierten Knöcheln umherschlappte und Tellergerichte auf Resopaltische knallte, die sie zuvor mit ihrer Serviette gepeitscht und geprügelt hatte.

Die Tische waren nach einer bestimmten Ordnung vergeben. An der Tür die Chilenen. Diese Runde war im Jahr nach Allendes Ermordung immer sehr still. In der fensterlosen Ecke residierte sie selbst mit ihren Freunden Gregor und Anthea.

An der Bar stand der Kurdentisch, so benannt nach mindestens zwei Kurden (nicht immer denselben), die von morgens bis abends dort Kaffee tranken. An diesem Tisch erschien eines Tages der Unbekannte aus der Meierei, ihr indischer Prinz. Seine Bartstoppeln bildeten eine halb unterirdische Fläche in den glattrasierten Wangen. Er hatte dunkle Haare und eine weiche Haut, die sie gern berührt hätte. Aber Gregor, der Mathematiker, war der einzige an ihrem Tisch, der manchmal aufstand und zu den Kurden hinüberging, um eine Partie Schach zu spielen.

Ihr gefiel die Art, wie der Unbekannte dort am andern Tisch hantierte – die Zeitung umblätterte, seine Handtasche öffnete, Zuckerdose oder Feuerzeug weiterreichte. Wie im Stummfilm lernte sie all seine Bewegungen auswendig.

Eines Tages warf ein Gongschlag sie beim Erwachen fast aus dem Bett. Ihr Bewußtsein war von einer einzigen Person ausgefüllt bis auf den allerletzten Platz: der indische Prinz. Er hatte sich in ihrem Kopf breitgemacht und lächelte. Er drehte ihr halb den Rücken zu. Vermutlich, weil sie so viel Schönheit von vorn gar nicht ertragen hätte. Es war berauschend, aber auch lächerlich. Sie fühlte sich hilflos, wenn sie an ihre Freunde dachte, und erzählte es keinem.

An einem sonnigen Vormittag verließ sie die Meierei, wo sie ein Glas Buttermilch getrunken hatte, und überquerte den Heldenplatz. Der Türkenkrieger schwang sich auf seinem Bronzepferd senkrecht in die Luft. Die Autos auf dem Parkplatz lagen ihm zu Füßen wie Beter in einer Moschee. Oben vor dem Portal erkannte sie den jungen Mann, der im Begriff war, die Bibliothek zu verlassen.

Über die Freitreppe gingen sie direkt aufeinander zu. Ungefähr in der Mitte blieben sie voreinander stehen, betrachteten sich neugierig und lächelten.

»Gehen Sie mit mir ein Glas Buttermilch trinken?« fragte der indische Prinz.

Sie sah seine Lippen, seine Augen. Es war das erste Mal, daß er sie ansprach.

»Nein«, sagte sie. »Da komme ich gerade her.« Sie standen sich eine Weile gegenüber. »Ich muß in die Cafeteria«, sagte sie schließlich.

Der junge Mann lächelte gezwungen. »Schade. Vielleicht ein andermal.« Sie blieben noch eine Weile voreinander stehen. Dann ging er mit schlenkernder Aktentasche davon.

Sanda fand sich im Garderobenraum wieder. Die Türen der Metallspinde krachten, die Stufen der Wendeltreppe hämmerten bei jedem Schritt.

»Gehen Sie mit mir ein Glas Buttermilch trinken?« – »Nein, ich muß in die Cafeteria.« Als ob jemand Fremdes aus ihr gesprochen hätte. Sie verstand ihre Absage nicht. Wollte sie keinen indischen Prinzen? Doch, und wie! Aber jemand hatte ihr die Worte eingegeben: Ich will nicht dahin zurück, wo ich herkomme. Ich will niemals dahin zurück, wo ich herkomme. In die Cafeteria – eventuell schon. Weil ich ohnehin auf dem Weg dorthin bin. Und siehe, das wollte er wieder nicht. Warum? Den Mantel wieder ausziehen, die Aktentasche ausräumen, alles wieder in den Schrank einschließen, dort wieder auftauchen, wo er sich gerade verabschiedet hatte?

Kopfschüttelnd dachte sie: Auf seine Instinkte kann man sich verlassen. Sie funktionieren tadellos.

Sie war traurig und voller Wehmut und leer.

Im Lesesaal hatte sie immer seinen Rücken vor sich. Sie sah, wenn er aufstand, und hatte das übermächtige Bedürfnis, ihm hinterherzugehen. Irgend etwas nahm sie an der Hand, zog sie den Korridor entlang und die Treppe hinunter, während sich ihr Kopf rasch ein Notprogramm ausdachte. Also nur dort unten eine Schachtel Zigaretten ziehen. Sich zeigen und wieder verschwinden. Geldwechseln und an der Theke ein Bounty kaufen. Es machte sogar Spaß. Sie war stolz darauf, einem so starken Gefühl so stark die Zügel anzulegen. Aber es war klar, daß sie in den Ferien arm und leer nach Hause fahren würde, wenn sie ihrem Herzen nicht endlich einen Stoß gab.

Eines Tages sah sie ihn aufstehen und ging hinterher. Fast gleichzeitig betraten sie die Cafeteria.

Ihre Tische waren mittlerweile durch einen Weihnachtsbaum getrennt, den man auf einen Hocker gehievt und mit Lametta geschmückt hatte. Sie setzten sich davor an einen neutralen Tisch und richteten sich irgendwie ein. Zum ersten Mal waren sie beieinander, aber still und stumm – von der Tatsache geniert, daß ihnen nichts einfiel. Man hörte das Fauchen der Kaffeemaschine. Sie schwiegen.

»Lametta«, ergriff Sanda schließlich das Wort. »Hier hängt ziemlich viel Lametta. Unser Weihnachtsbaum zu Hause bei meinen Eltern ist bunt.«

»In Lausanne«, sagte Ferraghani, »wo ich drei Jahre im Internat war, hatten wir einen sehr großen Baum. Mit roten Kugeln.«

»Kein Lametta?« fragte sie.

»Doch. Ein bißchen.«

»Es gibt ja auch goldenes und rotes Lametta«, gab Sanda zu bedenken. »Aber es ist nicht das richtige. Silbern muß es sein.«

Der Kaffee kam, schwarz wie die Nacht, und sie schwiegen eine Weile. Lausanne, dachte Sanda benommen. Französische Schweiz.

Neben dem Weihnachtsbaum hing ein Wintersportplakat mit Schneewelt, Pudelmützen und Lift.

»In Persien bin ich oft skigefahren«, fing Ferraghani diesmal an. »Mit der ganzen Familie. Bei Teheran.«

»Oh«, sagte Sanda. »Das kann ich leider nicht. Skifahren hab ich nie gelernt.«

»Ich auch nicht mehr«, lächelte Ferraghani. »Bin ganz aus der Übung.«

Mein Gott, was könnte ich ihn fragen, zerbrach sie sich den Kopf. Nach einer Weile kam sie auf die Idee zu sagen, daß sie Anfang Januar wieder in Wien wäre, und Ferraghani hatte den glänzenden Einfall anzukündigen, daß er dann für alle persisch kochen würde, bei sich zu Hause.

»Sie sind jetzt schon eingeladen.«

Sanda stand auf, halb glücklich, halb traurig, ein sonderbarer Zustand. Hab ich irgendwas vermasselt? dachte sie. Oder gerade erreicht? Ist er in mich verliebt? Wie schön er redet! Wie raffiniert er die Endungen verschleift, all die verräterischen Ms und Ns, die das Deutsche so schwierig machen!

Zwei Tage später fuhr sie nach Hause. Fünfhundert Kilometer durch die Landschaft, ohne einen einzigen andern Gedanken als an Ferraghani, ihr Opfer. Der Schnee war weiß, der Himmel blau, die Sonne in gewohnter Weise gelb, und von alldem nahm sie nur ein Glitzern wahr, ein Gleißen und Glitzern, das über Ferraghanis Gesicht und Erscheinung zu liegen pflegte.

Im Geist feierte sie Glitzerorgien mit ihrem Opfer.

Bescheiden stellte sie sich vor, wie sie ihn eventuell an der Wange berühren würde. An der Schulter. An der Brust.

Aber es geht doch nicht, dachte sie. Ein Perser! Es kommt mir so unmöglich vor. Warum eigentlich nicht? Er ist schön und hat genau das richtige Format für mich. Nein, es geht nicht, weil ich schon verliebt bin. Sich in Orientalen zu verlieben ist gefährlich. Selbst wenn sie so treu und ergeben sind wie der Held in der Geschichte von *Leila und Madschnun.*

Die Perser haben eigentlich Romeo und Julia erfunden. Viele hundert Jahre vor den Europäern.

Als Kind hatte sie aus einem weißen Buch ihres Vaters Miniaturen abgezeichnet. Madschnun in der Wüste, Madschnun als Pilger vor der Kaaba, Madschnun vor Leilas Zelt. Überall, sogar in Mekka, dachte der verrückte Madschnun nur an Leila, die unvergleichliche, die er nicht bekommen konnte, obwohl sie zusammen zur Schule gegangen waren. Nicht, weil die Familien miteinander verfeindet gewesen wären – das wurden sie erst im Verlauf dieser unglücklichen Liebesgeschichte –, sondern weil sie sich so maßlos liebten, daß ein gemeinsames Leben unmöglich war.

Wohin sie fuhr, sah sie nicht mehr. Die Straßen waren weiß und sonnig und leiteten sie sicher von ihrem Geliebten weg. Rasendes Träumen. Glitzern und Gleißen. Ein Silberschauer. Ein Teilchenhagel. Das Rasen der Moleküle.

Bunte Vögel

Nach Weihnachten fuhr sie dieselbe Strecke zurück und merkte zu ihrem Befremden, daß sich etwas Feuriges über das weiße Glitzern geschoben hatte. Erotische Sehnsucht. Und zwar nach einem Zigeunerprimas, den sie und ihre Freunde abends im Restaurant Budva öfter spielen hörten. Dieser Primas war über Fünfzig, Familienvater, mit gravitätischem Gang und samtener Stimme. Er hatte ihr über die Feiertage ein paar Tonbänder geliehen, die sie zu Hause auf Kassette überspielt hatte.

»Jetzt hab ich mich in Géza Bognár verliebt«, sagte sie am Steuer ihres Wagens abgrundtief erstaunt.

Statt Silberwahn rotes Funkeln. Das Funkeln und Brennen, das über dem Gesicht des Primas zu liegen pflegte. Lava. Goldstaub! Türkisches Dampfbad! Ein roter Teilchensturm.

Sie kam in ihrem Zimmer an und malte als erstes Gézas Gesicht. Irgendwann gelang ihr eine hübsche Vignette. Die schnitt sie aus. Nachts klemmte sie sie unter den Scheibenwischer seines lila Mercedes, den er immer in der Nähe des Budva parkte. Sogar in diesen verbeulten alten Mercedes war sie verliebt. Und in große, weit geschwungene schwarze Männeraugen.

Ihren Freunden erzählte sie wieder nichts. Was hätte es für einen Sinn gehabt, über eine Liebe zu reden, die sich innerhalb von einer Woche durch das Hören einer bestimmten Musik vom einen auf den anderen übertrug?

Sie ging nicht mehr ins Budva. Die Bänder ließ sie von Gregor zurückbringen. Gregor stammte aus Jugoslawien. Mit fünfzehn war er nach Wien verpflanzt worden. Sein Vater war Professor für Diskrete Mathematik. Gregor kannte sich mit Sehnsucht aus. Man mußte nicht erst groß mit ihm reden.

Danach sah sie Ferraghani wieder täglich in der Bibliothek. Ja, bin ich denn verrückt geworden? dachte sie. Er ist doch viel möglicher! *Ihn* meine ich eigentlich. Vorausgesetzt, daß er meine Arbeit nicht stört.

Sie vergaß den Primas.

Eines Tages kam Ferraghani im Lesesaal mit einem bunten Folder an ihren Tisch. Es war ein

Musterprospekt für Travertin, wie man es Architekturstudenten zuschickt. Er legte es aufgeklappt auf Sandas Folianten. Sie rührte sich nicht. Ungefähr ein Dutzend marmorierte Steinschnitte waren darauf abgebildet, ocker, korall, rosa, graphit.

»Welches ist Ihre Lieblingsfarbe?« flüsterte Ferraghani.

Sanda betrachtete das Blatt. Ein Prospekt der Firma Rover in Verona. Nach längerem Nachdenken entschied sie sich für Petrolgrün, die Modefarbe. Felsbrocken in Graubünden sahen so aus, Wasser schäumte milchweiß und blau um sie herum. *Verde alpi*, entzifferte sie die Bildunterschrift.

Ferraghanis Augen leuchteten auf. »Das hab ich gewußt!« sagte er triumphierend.

»So?« murmelte Sanda. »Das kann jeder sagen.«

Ferraghani betrachtete sie liebevoll, wie eine Katze die Maus. »Ja«, sagte er, »deshalb hab ich es auch vorher angekreuzt.«

Er drehte das Prospekt um. Auf dem Verso, genau an der Stelle von *Verde alpi*, hatte er mit Kugelschreiber ein Kreuz gemacht und einen Kreis darum gezogen. Sanda fühlte sich durchschaut und wurde rot.

»Na schön«, flüsterte sie hastig. »Sie haben es erraten! Aber genaugenommen mag ich lieber

Korall! Dann hätten Sie mir die Rückseite wohl kaum gezeigt, oder?« Mit einer heftigen Bewegung faltete sie das Prospekt zusammen und gab es ihm zurück.

Ein paar Leser zischten. Ferraghani ging zu seinem Platz und verließ nach einer Weile den Saal.

Eine Woche später schnappte er sich das Taschenbuch, das aufgeschlagen auf ihrem Folianten lag.

»Was lesen Sie da? *Über die Liebe?* Ein Trost- und Ratbuch?«

Zu ihrer eigenen Überraschung reagierte sie ausgesprochen kaltblütig.

»Ja«, sagte sie kopfnickend. »Ich bin unsterblich verliebt. Ich suche eine bestimmte Stelle. Was man tun muß, wenn einen das Opfer nicht erhört.«

Ferraghanis Augen überzogen sich mit Mehltau. Etwas fraß langsam den Glanz weg. Es dauerte nur einen Moment, dann schaute er gefaßt und normal wie immer.

»Ach so«, sagte er und trat vom Tisch weg. »Und wer ist das Opfer Ihrer strategischen Lektüre?«

Sanda merkte, daß es ganz einfach war.

»Jemand, der es mir so schwer macht, daß ich ohne Hilfe nicht weiterkomme«, orakelte sie.

»Na, dann«, sagte Ferraghani, »wünsche ich viel Glück.«

Es klang herzzerreißend und kalt.

Niedergeschlagen saß sie in der Cafeteria. Er liebt mich nicht! dachte sie. Ich gefalle ihm bloß. Sonst würde er doch solche Spiele nicht mit mir treiben.

Sich selbst nahm sie von allen Gesetzen aus. Allen Wahrscheinlichkeiten, Freundlichkeiten und Einfachheiten. Sie wußte nicht mehr, was menschlich war. Sie umkreisten einander wie lebende Automaten und wurden dabei immer schöner. Wahrscheinlich sandten ihre Körper so massive Botenstoffe aus, daß die umgebenden Räume von ihrem Glitzern erhellt wurden.

Ferraghanis Idee, nationale Abende zu veranstalten, hatte Liebhaber gefunden. Der erste, der es wagte, war Abdul Fedayan, neunter Sohn eines armen saudiarabischen Wüstenscheichs, Stammgast am Kurdentisch. Er lud ein, und alle kamen. Es wurde ein rauschendes Fest. Mit Zeitungspapier, das man über den Teppich gebreitet hatte, Musik aus dem Weltempfänger, einer Atmosphäre wie im Zelt. Es war so schön, daß man beschloß, das Fest bei allen Anwesenden der Reihe nach zu wiederholen.

Auf dem Nachhauseweg schlenderten Gregor,

Anthea, Ferraghani und Sanda am nächtlichen Donaukanal entlang. Gregor sah den davoneilenden Wellen nach und sagte: »All dieses Wasser fließt nach Belgrad.«

Sie fragten ihn, ob er Heimweh habe.

»Man kann doch nicht sein Leben lang seine Biographie mit sich herumschleifen«, protestierte er. »Wißt ihr, warum es keinen Nobelpreis für Mathematik gibt?«

Sie wußten es nicht und zählten die Sparten an den Fingern ab. Medizin, Physik, Chemie … Tatsächlich. Kein Nobelpreis für Mathematik.

»Warum nicht?« wollten sie wissen.

»Weil Madame Nobel mit einem Mathematiker durchgebrannt ist«, rief Gregor triumphierend. »Sie ging mit einem von uns auf und davon! Das hat Alfred uns nie verziehen.«

Ferraghani sah Gregor nachdenklich an. »Es gibt doch die Fields-Medaille«, sagte er. »Speziell für Mathematiker.«

»Nur ein Ersatz«, sagte Gregor. »Und du? Wo kommst du eigentlich her?«

»Aus Schiras.«

»Hast *du* Heimweh?«

»Schiras ist eine wunderschöne Stadt.«

»Ich habe Fernweh«, sagte Sanda. Die andern lachten, aber sie dachte: Ihr wißt nicht, warum.

Als Ferraghanis Abend näherrückte, überlegte sie, ob sie überhaupt hingehen sollte. Sie hatte große Angst, Ferraghani werde nun eine – seine? – Freundin einladen, und nahm sich vor, in diesem Fall heftig mit Gregor oder Abdul zu flirten.

Später hatte sie den Eindruck, die Wohnung schon gekannt zu haben. Manchmal, wenn er die Bibliothek verließ, hatte sie versucht, im Geist rückwärts vor ihm herzugehen, den Blick fest auf sein Gesicht geheftet. Der Hof stimmte, da war sie im Geist rückwärts durchgestolpert, die Briefkästen auch, die sahen überall gleich aus, das Treppenhaus war dämmrig, und die Wohnungstür hatte sie sich auch so vorgestellt. Ein großes Messingschild: *Cyrus M. Ferraghani.* Ein Vorraum, die Küche, das Wohnzimmer. Ein Bett mit einer Felldecke. Sie glänzte und wellte sich wie ein Tier.

Wieder saßen sie alle auf dem Fußboden. Ein Seidenghom hing an der Wand. Ferraghani hatte Safranreis gekocht, Huhn gegrillt und Yoghurt gekauft. Man redete von allem möglichen, schließlich vom Schah. Jemand sagte »Gewaltregime«, und Ferraghani sah vor sich hin. Er äußerte sich nie direkt. Später meinte er, sein Land habe in den letzten hundertfünfzig Jahren keinen Krieg mehr angefangen. Ob sie das von ihren Ländern auch behaupten könnten? Österreich, Deutschland? Anthea, Mitglied bei *amnesty international*, schüttelte sofort den Kopf. »Das ist doch keine Rechtfertigung für eine diktatorische Innenpolitik«, sagte sie empört. »Der Schah stützt sich auf eine verbrecherische Geheimpolizei!« Aber es brachte alle zum Nachdenken. Hundertfünfzig Jahre lang niemanden überfallen? Sanda war beeindruckt. Leider bot Abdul sich zu vorgerückter Stunde an, beim Aufräumen in der Küche zu helfen, und war durch nichts zu bewegen, von dieser selbstgestellten Aufgabe Abstand zu nehmen.

Unweigerlich kam die Reihe an sie selbst. Sie war so aufgeregt, daß sie Anthea nachmittags anrief und zu sich bestellte.

»Ich habe mich geschnitten«, sagte sie statt einer Begrüßung. »Ich wollte Risotto machen, das einzige, was ich kann. Versprich mir, daß du mir hilfst.«

»Das tu ich ja«, sagte Anthea und suchte im Küchenschrank nach einem Pflaster.

»Nein, daß du mir hilfst… Versprich es einfach!«

»Also gut«, sagte Anthea feierlich. »Ich verspreche, daß ich dir helfe.«

»Ich gehe jetzt Bier holen«, murmelte Sanda nervös. »Du weißt schon, das deutsche Element.«

Sie kam mit dunklem Bier zurück und flößte sich eine Flasche ein. Danach ging es ihr besser.

Natürlich aßen sie auch bei Sanda auf dem Fußboden, mit einer Schicht Zeitungen über dem Teppich. Abdul hatte arabische Musik mitgebracht. Der altmodische Gasofen in der Ecke zischte, die Flammen züngelten rot und blau aus der Lochplatte.

Alles ging gut, bis Sanda in der Küche auf ihren Finger starrte. Das Pflaster, das Anthea auf die Wunde geklebt hatte, war weg.

»Wenn es in den Topf gefallen ist?« flüsterte sie. »Wenn es bei jemandem auf dem Teller gelandet ist?«

»Dann kriegt der die Braut«, kicherte Anthea.

In aller Eile suchten sie die Küche ab. Plötzlich hatte Anthea eine Eingebung. Sie griff in den wattierten Handschuh, mit dem Sanda den Topf angefaßt hatte. Das Pflaster hing drin.

»Du hilfst mir wirklich«, flüsterte Sanda dankbar.

Aus dem Zimmer kam Musik, die Leute redeten fröhlich durcheinander.

Später kauerte Sanda eine Zeitlang hinter Gregor und lauschte einem seiner Paradoxe.

»Wenn alle Regeln Ausnahmen haben«, sagte er gerade, »dann haben nicht alle Regeln Ausnahmen.« Ferraghani, der Gregor genau gegenüber saß, streckte plötzlich den Arm aus und tippte Sanda leicht gegen die Schulter. Sanda fiel um, so verdutzt, daß sie nicht einmal mit den andern mitlachen konnte. Was hatte das zu bedeuten? Wenn alle Regeln Ausnahmen haben, dann hatten nicht alle Regeln Ausnahmen?

Gregor gefiel sich in der Rolle der Sphinx. Gnädig sagte er: »Schön, ich verrate es euch. Sonst kommt ihr ja doch nicht drauf. Wenn alle Regeln Ausnahmen haben, dann hat natürlich auch die Regel, daß alle Regeln Ausnahmen haben, eine Ausnahme. Also haben *nicht* alle Regeln Ausnahmen.«

»Sophist«, sagte Anthea, ohne sich zu rühren.

Sie tranken ziemlich viel Wein und wurden sehr munter. An diesem Abend blieb Anthea bei Sanda, um in der Küche zu helfen. Ferraghani ging als letzter, zusammen mit Gregor. Kaum waren sie weg, drehte Anthea sich um und sagte: »Ich bin so jämmerlich verliebt.«

»Ich auch«, rief Sanda, »das ist auch mein Problem.« Es tat gut, es endlich auszusprechen. Dann sahen sie einander aufmerksam an.

»Und in wen …?« fragten sie gleichzeitig.

Sanda spürte ein nervöses Kribbeln. Meine beste Freundin, dachte sie. Wie schrecklich.

Anthea, die tapfere Menschenrechtskämpferin, kämpfte mit sich selbst.

»Also ich – in Gregor«, sagte sie mutig.

Sanda fing an zu lachen. »In Gregor? Gott sei Dank nicht in Ferraghani!«

»In Ferraghani?« rief Anthea. »Was für eine Idee! Nicht mal im Traum!«

Sie lachten, bis ihnen die Tränen hinunterliefen. Dann entdeckte Anthea ein Päckchen auf dem Küchentisch, noch unausgewickelt im Geschenkpapier.

»Was ist das?« fragte sie.

»Ferraghani hat es mir gegeben. Als er kam.«

»Mach es auf!«

Mit zitternden Fingern riß Sanda am Klebestreifen. Sie wickelte eine Lage Seidenpapier ab. Eine Silberdose kam zum Vorschein, mit einem emaillierten Medaillon auf dem Deckel, darauf in zierlicher Malerei drei bunte Paradiesvögel.

»Das hat er mir mitgebracht«, sagte sie erstaunt und nahm den Deckel ab. Im Innern war ein Spiegel.

»Hübsch«, sagte Anthea, »das kleine Glitzerding kommt direkt aus dem Basar. Er liebt dich auch.«

Als sie mit der Küche fertig waren, setzten sie sich wieder auf den Teppich und lehnten sich an die Bettcouch.

»Warum hast du ihn nicht längst verführt?« wollte Anthea wissen.

»Weil ich weg muß«, sagte Sanda. »In einer Woche ziehe ich nach Venedig.«

Anthea blieb vor Überraschung der Mund offen stehen. »Machst du Witze?«

»Nein. Ich muß wirklich dorthin. Ich sagte doch, ich habe Fernweh.«

Anthea verstand nicht. Schritt für Schritt erläuterte Sanda, daß sie demnächst in eine Stipendiatenwohnung umziehen müsse, direkt am Canal Grande, ihrer Arbeit wegen. *Die venezianischen Maler des Rokoko und ihre Beziehung zu Wien.* Den Wiener Teil hatte sie abgeschlossen. Jetzt zwang man sie gewissermaßen, das zweite Jahr in Venedig zu verbringen. »Es ist doch nicht so schlimm?« fragte sie niedergeschlagen. »Ihr könnt mich doch jederzeit besuchen? Sechs Stunden mit der Bahn. Das geht doch, oder?«

»Seit wann hast du es gewußt?« fragte Anthea.

»Die ganze Zeit«, sagte Sanda. »Es war von vornherein so ausgemacht. Irgendwann nach Weihnachten kriegte ich diesen Brief. Herzlichen Glückwunsch. Wir freuen uns, Ihnen mitteilen zu können, daß die Stipendiatenwohnung ab Frühjahr frei ist. Man kam bei dem Verein nicht auf die Idee, daß sich jemand nicht darüber freute.«

»Du kannst doch ablehnen?« fragte Anthea.

»Hab ich versucht«, sagte Sanda. »Dort angerufen und gefragt, was passieren würde, wenn ich in Wien bliebe. Dann würde ab sofort kein Geld mehr überwiesen, sagten sie.«

»Dann eben einen Job! Alles hinwerfen für den Geliebten. Das ist doch schön.«

»Ich habe aber nichts gefunden«, sagte Sanda. »Nicht mal eine Stelle als Hilfslehrerin.«

»Wer sucht, der findet«, sagte Anthea, den Kopf an die Bettcouch gelehnt.

»Ja«, erwiderte Sanda geistesabwesend, »aber wozu würde es führen? Langfristig zu einer Riesenfrustration. Und vergiß nicht: die Ausländerbestimmungen! Für mich sind sie sehr streng. Nein, ich bin dazu verurteilt, in meinem Fach Karriere zu machen. Vermutlich ist es der Grund, warum ich so lang gezögert habe, mit Ferraghani etwas anzufangen.«

»Gezögert? Nicht: Beeilt? Du bist vielleicht eine komische Type!« sagte Anthea.

Die silberne Dose begann in Sandas Kopf zu rotieren und Blitze zu schleudern.

»Wenn man weg muß, kann man nicht mehr

richtig lieben«, sagte sie verlegen. »Menschen, die wegziehen, werden gefühlsmäßig in Quarantäne gesteckt. Ist dir das noch nie aufgefallen? Sie sind schon so gut wie nicht mehr da. Es gibt zwei Möglichkeiten: Entweder gelingt es mir, das Gefühl für Ferraghani ganz zu unterdrücken – oder solch eine Wahnsinnsgeschichte draus zu machen, daß er mich nie vergißt. Die große Passion! Das starke mächtige Gefühl, das alle Zweifel auslöscht, wie das Meer die Spuren im Sand! Das wollen wir doch alle.«

»Nein«, sagte Anthea sofort, »ich nicht. Ich will eine vernünftige Beziehung. Eine, die man leben kann.«

Sie redeten noch eine Weile über die große Passion, dann bot Sanda Anthea zum Abschied ihr Auto an.

»Es fällt zwar fast auseinander«, sagte sie. »Aber in Venedig nützt es mir wirklich nichts.«

Kopfschüttelnd ging die Freundin nach Hause.

In der Nacht brach der Silberwahn mit einer Heftigkeit aus, daß Sanda dachte, sie müßte sterben.

Am Abend vor dem Umzug saß sie mit Gregor im Budva. Sie hörten Zigeunermusik, und Sanda wurde entsetzlich traurig. Gregor brachte sie nach

Hause und blieb bei ihr sitzen – mit einer gewissen Hoffnung, wie ihr schien. Tatsächlich versuchte er die ganze Zeit, über Anthea zu reden, während sie sich bemühte, ihn über Ferraghani auszuhorchen. Vergeblich.

»Entschuldige«, sagte sie nach Mitternacht. »Ich muß kurz anrufen.«

Sie ging in die Diele, kauerte sich mit dem Telefonbuch auf den Boden und wählte eine Nummer. Ferraghani nahm sofort ab.

»Vielen Dank für das hübsche Geschenk«, sagte sie leise und hoffte, Gregor würde sie nicht hören.

»Hat es dir gefallen?« fragte er mit einer Zärtlichkeit, die ihr Herz schneller schlagen ließ.

»Ja«, sagte sie. »Aber kannst du mir erklären, was die Paradiesvögel auf dem Deckel darstellen?«

»Das sind du und ich und Gregor«, sagte Ferraghani geheimnisvoll.

Woher weiß er das wieder! dachte sie. Daß Gregor hier ist. Es grenzt an Magie.

Sie redeten lange.

Irgendwann stürzte Gregor aus der Wohnung, als er begriffen hatte, mit wem sie telefonierte und daß es vermutlich dauern würde.

Sie erzählte Ferraghani, daß sie am nächsten Tag umziehen mußte. Sie hörte sein Erschrecken und sah die hellen Flecken vor sich, die sich immer an seiner Nase bildeten, wenn ihn etwas überraschte. »Nur für ein Jahr«, sagte sie. »Mein Zimmer kann ich vorläufig behalten. Und zwischendurch jederzeit zurückkommen.«

»Wann sehen wir uns?« fragte Ferraghani.

»Bald«, sagte Sanda. »In zwei, drei Wochen?«

»Gut«, sagte Ferraghani. »Ich warte.«

Ihr schwindelte.

Unterwegs dachte sie: Vielleicht kann ich es noch abwenden. Woher weiß ich, ob er mich liebt?

Kurz nach ihrer Ankunft in Venedig fand sie ein Telegramm im Kasten. »Wenn es Auswahlsinn gibt«, stand darin, »muß es auch Verschmelzungssinn geben! Gregor und Anthea im Rausch.« Sie freute sich halb. »Die haben sich gefunden«, murmelte sie vor sich hin. Sie wollte Ferraghani anrufen. Statt dessen telefonierte sie mit Abdul Fedayan, von dem sie wußte, daß er es stolz in der Cafeteria herumerzählen würde, und führte mit ihm ein perfektes kleines Gespräch über nichts. Es geht mir gut, Venedig ist schön, sagte sie. Warum sie Ferraghani, der weder Adresse noch Telefonnummer von ihr besaß, auf diese Art verletzte, war ihr schleierhaft. Zu irgend etwas muß es gut sein, dachte sie. Aber sie wußte nicht, wozu.

Sie wartete, bis sie glaubte, Ferraghani habe endgültig genug von ihr. Dann meldete sie sich und sagte, sie habe in nächster Zeit wieder in Wien zu tun, ob sie ihn besuchen solle?

Ferraghani schien sich erstaunlicherweise zu freuen. Jedenfalls ließ er sich nichts Negatives anmerken. Vom Bahnhof fuhren sie direkt zu ihm, und als sie an diesem Frühlingsabend den Hof durchquerten und die Treppe zu seiner Wohnung hinaufstiegen, sah sie an seinem Gesicht, daß er langsam daran zu glauben begann, sie werde keine weiteren Ausflüchte mehr machen.

Mysterium

Sie gingen nicht mehr in die Bibliothek. Weder am nächsten Tag noch am folgenden. Sanda hatte noch nie einen so schönen Mann gesehen wie Ferraghani in dieser Nacht. Er war beschnitten. Er war schön. Seine Wangen blühten auf, seine Lippen röteten sich wie von innen beleuchtet, seine Haut wurde von ihrer ununterscheidbar. Sie konnten nicht aufhören, sich zu berühren. Sie versanken so vollständig ineinander, daß es wie ein Wunder erschien. »Wie kommt es, daß zwei so fern voneinander geborene Menschen füreinander gemacht sind?« fragte Ferraghani. Sie wußten es nicht. Sanda fragte: »Was bedeutet das M. auf deinem Türschild?«

»Mohammed«, sagte Ferraghani.

»Mohammed und Julia«, schlug sie vor.

»Aber dann müssen wir sterben«, wandte er ein.

»Nein, bei Lope de Vega kriegen sie sich«, versicherte Sanda.

»Wie tröstlich!« rief Ferraghani. »Bei Lope de Vega kriegen sie sich. Wer ist Lope de Vega?«

Es wurde warm und sonnig. Sie gingen noch immer nicht in die Bibliothek. Weder am nächsten noch am folgenden Tag. Sie schlenderten durch die Stadt, wie Touristen mit endlos viel Zeit. Sie schauten an, was sie noch nie gesehen hatten, manchmal mit Freunden oder Verwandten. Sie konnten ihre rasende Verliebtheit nicht verbergen. Die Sonne schien, aber es waren ihre Körper, die sich entzündeten. In Schönbrunn erreichte ihre lustvolle Qual einen Höhepunkt. Sie fuhren mit dem Taxi nach Hause, weil sie es nicht mehr aushielten. Dort fielen sie aufs Bett, und die Felldecke wand sich und lebte wie ein Tier. Sie umschlangen sich, das Mysterium wiederholte sich. Zu Sandas Entzücken blühte er auf. Seine elfenbeinfarbenen Wangen röteten sich, seine Augen glänzten. Gemeinsam fielen sie in einen Abgrund der Lust. Wo ihre Körper anfingen und endeten, wußten sie nicht mehr.

Sie standen auf, verschränkten die Finger ineinander und wanderten durch die Stadt. Betraten Paläste, die sie nicht kannten, hörten Fremdenführern zu, standen vor roten Absperrkordeln und berührten sich an Schultern und Hüften. Ihre

Lust sammelte sich wieder. »In den Nischen sehen Sie Allegorien, die etwas Symbolisches darstellen«, sagte der Fremdenführer. »Mit Scheinarchitektur macht man die Ecken rund. Falscher Marmor ist teurer als echter.«

Sie betrachteten Aquamanile, Nautiluspokale, Natternzungenkredenzen und die Tischglöckchen von Kaiser Rudolf dem Zweiten.

»Bezoar«, las Sanda, »Gallenstein der persischen Ziege. Wozu soll das gut sein?«

»Ein Mittel gegen Gift«, sagte Ferraghani träumerisch. »Deckelpokal aus Narwalhorn... Was ist ein Narwal?«

Sie taten, als ob sie unendlich viel Zeit hätten.

Eines Abends fand sie in seinem Zimmer ein Buch, das nur aus Tabellen bestand. Auf jeder Seite eine rechteckige Tafel mit Kästchen, in jedem Kästchen ein Schriftzeichen.

»Logarithmentafeln?« fragte Sanda.

»Such dir eine Seite aus, irgendeine«, meinte Ferraghani.

Sanda ließ die geheimnisvollen Seiten durch die Finger laufen.

»Diese hier«, sagte sie. »Und jetzt?«

»Jetzt wählst du eins der ersten Kästchen.«

Sie wählte, er legte den Daumen drauf. Dann

fing er an zu zählen und setzte aus jedem vierten Kästchen die Buchstaben zu Silben zusammen, die Silben zu einer ganzen Reihe. Er murmelte etwas auf persisch vor sich hin und lächelte.

»Das Hafis-Orakel hat immer recht«, sagte er.

»Was kommt heraus?« fragte sie.

»Ein Vers aus dem *Diwan.*«

»Bei uns sticht man mit geschlossenen Augen in die Bibel«, sagte Sanda.

»Wirklich?« fragte Ferraghani überrascht. »In jedem persischen Haus stehen mindestens zwei Bücher. Der Koran und daneben die Gedichte von Hafis. Man schlägt aber nie den Koran fürs Orakel auf, immer nur Hafis. Wir bestehen inwendig ganz aus Hafis. Hafis meint, Hafis sagt, Hafis sieht das so. Oft muß man sehr lange interpretieren, bis man weiß, was das Orakel will.«

»Verrat mir meinen Spruch«, bat Sanda.

»Ach, ich sterbe vor Verlangen nach Umarmung mit dem Geliebten«, übersetzte Ferraghani.

Sie ließen das Buch fallen. Das Orakel hatte recht. Sie interpretierten es, und die Felldecke glänzte und lebte wie ein Tier.

Ferraghani hatte Freunde und Verwandte in der Stadt. Wenn er telefonierte, hörte sie seine Stimme durch die halboffene Tür. Seine Sprache war schön, selbst die Worte »sowieso« und »überhaupt«, die regelmäßig wie Ballons aus dem Muster herausschwebten. Einmal hörte sie das Wort »dochtar«. Ja, sagte Ferraghani, unsere Sprachen haben denselben Ursprung. Aber weil die Menschen so hochmütig waren und sich voneinander unterscheiden wollten, kam es zur Sprachverwirrung.

»Du meinst«, fragte sie, »früher waren wir alle gleich?«

»Ja. Wie im Paradies.«

»Mit blauen Jacken? Wie bei Mao?«

»Selbstverständlich ohne Jacken«, sagte Ferraghani und kam mit glitzernden Augen wieder auf sie zu.

»Warst du in mich verliebt?« fragte sie schnell.

»Seit wir uns zum ersten Mal gesehen haben.«

»Ja, aber wann warst du wirklich verliebt? Rasend verliebt?«

»Rasend verliebt?« scherzte Ferraghani. »Was soll denn das sein?« Als er ihre Panik sah, sagte er: »Ich mache Witze. Es war vor Weihnachten. Ich habe dich doch angesprochen! Warum hast du so lange gewartet? Warum bist du nicht vor einem halben Jahr zu mir gekommen?«

»Vielleicht, weil ich *kein* Orakel hatte«, sagte Sanda. »Du konntest jederzeit nachschlagen.«

»Das hab ich auch getan«, sagte Ferraghani. »Und weißt du? Es war immer günstig.«

Ihr Abschied war bittersüß. Nur körperlich fühlten sie sich auseinandergerissen. Sie gingen umher wie im Rausch. Ihre Arbeit bekam Flügel. Ferraghani erstellte in wenigen Tagen sein Stahlbauprogramm und wunderte sich darüber. Sanda sah Zusammenhänge zwischen Malern und Epochen, die ihr vorher nicht im Traum eingefallen wären, und erntete Lob. Ferraghani machte ein Studentenreisebüro ausfindig, das verbilligte Fahrkarten verkaufte. Sie dachten immer nur bis zum nächsten Treffen. Alles andere wäre ihnen blasphemisch erschienen. Sie gingen ins Kino und betrachteten Pasolinis *Erotische Geschichten aus 1001 Nacht* mit großem Interesse. Bei Jacques Rivette schliefen sie ein und schoben es auf ihre Müdigkeit.

Sie fühlten sich stark und gut und unverletzlich.

Serenissima

Eines Tages brachte Ferraghani Verwandte mit. Seine Cousine Shirin und ihren Mann Parviz. Er war Arzt, die beiden lebten in Frankreich. Und Shirins Bruder Abbas, einen Technikstudenten aus Berlin.

»Wien hab ich ihnen schon gezeigt«, flüsterte Ferraghani Sanda ins Ohr. »Sie wollten so gerne Venedig sehen.«

Im Gegensatz zum zierlichen Arzt war Abbas groß und füllig. Menschen mit Phantasie konnten in ihm einen Haremswächter sehen, einen sanften Eunuchen. Er sprach nicht viel und verfolgte alles mit freundlichen Augen.

Der Tag war voller Verheißung, mit den ersten Anzeichen des Herbstes in der Luft. Ein prächtiger Wind wehte von Afrika herüber. Sie stellten die Koffer in der Wohnung ab und fuhren sofort weiter zum Markusplatz. Shirin, Parviz, Ferraghani und Abbas standen an der Reling des Vaporetto und warteten gespannt.

»So viel Wasser!« seufzte Ferraghani. Der erste Schimmer des Dogenpalastes zeigte sich wie ein seidener Teppich. In der Luftlücke über der Piazzetta erschien die Säule mit dem Markuslöwen. Als sie ausstiegen, waren die Verwandten ganz aufgeregt.

»Wenn er einen Säbel in der Vorderpfote hätte«, sagte Shirin auf französisch zu Sanda, »wäre er wie aus unserem Wappen. Der persische Löwe.«

Sie erkletterten den Campanile, und Sanda konnte die Stadt später nie mehr sehen, ohne den Markusdom mit einer Moschee zu vergleichen, den Campanile mit einem Minarett, die Prokurazien mit orientalischen Basaren.

Die Sicht war überwältigend. Der Himmel drückte sie auf der Plattform zusammen. Vorsichtig bewegten sie sich von einer Seite zur anderen.

»Was ist dort hinten?« fragte Shirin und wies auf die bläulich verschwimmende Lagune.

»Wenn ihr wollt, fahren wir hin.«

Torcello, die einsame Insel mit dem gewaltigen Kuppelbau lag wie verzaubert da. Ein Garten Gottes, zu dem die Menschen sich an manchen Tagen wieder Zutritt verschafften, obwohl sie aus dem Paradies vertrieben waren. Die goldenen Mosaiken mit dem Jüngsten Gericht erschienen ihnen als das Schönste, das sie je gesehen hatten. Über allem lag ein Zauber der Stille, des Abglühens, der Charme des Untergangs. Ein friedliches Zurücksinken in Ewigkeit und Resignation.

Murano dagegen verwirrte die Besucher. Was war denn das? Ein kleines schmutziges Venedig? Mit plumpen Lastkähnen im Hauptkanal, der ebenfalls Canal Grande hieß? Ein Zerrbild mit nacktem Dom?

Auf dem Weg zum Glasmuseum versuchte Sanda das Phänomen zu erklären. Murano hätte Venedig werden können, so wie Klosterneuburg Wien, oder die Stadt Laon Paris – Orte, bei denen die Geschichte lange Zeit geschwankt hatte, ob sie ihnen das Hauptlos zuteilen sollte oder nicht. Oft war ein einziger Faktor ausschlaggebend, ein historisches Ereignis mit unerwarteten Folgen, die Laune eines Herrschers, eine Seuche, ein Barbareneinfall – und Murano wurde nicht Venedig, Klosterneuburg kein Wien, Laon nicht die Hauptstadt von Frankreich. Klein und isoliert blieben sie in der Nähe der glücklichen Großen liegen – Provinzen, deren Himmel mit Melancholie gesättigt war, in deren Straßen immer dieselben Menschen auf und ab gingen, deren Sehenswürdigkeiten sich rasch erschöpften und einem vagen Gefühl der Enttäuschung Platz machten: Beispiele für die Ungerechtigkeit des Fatums, für die ewige Diskrepanz zwischen Anlage und Entfaltung, Möglichkeit und Wirklichkeit, Chance und Schicksal. Sie wirkten wie verzauberte Wesen, filigran oder bäurisch, die Proportionen stimmten nicht, dies oder jenes war zu groß, das andere im Verhältnis zu klein, man mußte sie lieben, aber ganz schnell wieder verlassen, um nicht selbst in Melancholie zu versinken und ihnen aus Mitleid zu verfallen.

Als sie abends an der Accademia ausstiegen und in der nächstgelegenen Locanda aßen, versuchte Sanda im Geist, die Betten zu verteilen, und der Bissen blieb ihr im Hals stecken. Ein Zimmer fehlte! Abbas konnte das Gästezimmer haben, in dem sich ein Einzelbett befand. Ferraghani und sie schliefen gewöhnlich auf dem Diwan mit der indischen Decke, aber weder der Ingresso noch das Gästezimmer war groß genug, um die Matratze für Shirin und Parviz aufzunehmen. Mit anderen Worten – sie sah Ferraghani entsetzt über den Tisch an –, das Ehepaar mußte im selben Zimmer schlafen, im langgestreckten Arbeitsraum mit den Fenstern zum Kanal.

»Was hast du?« fragte Ferraghani.

»Nichts... Mir fiel nur gerade etwas ein.«

Ging es anders? Wenn sie selbst mit Ferraghani

auf der Matratze... und das Ehepaar auf dem Diwan...? Im entscheidenden Punkt blieb es sich gleich. Der große Raum beschrieb, wenn man vom Eingang kam, einen Knick. Der Diwan stand direkt davor an der Wand, die Matratze konnte man weit hinten unter dem letzten Fenster plazieren, den Blicken war man entzogen, aber man würde sich hören! Jetzt tat es ihr leid, daß sie nicht morgens im Studentenheim am Dorsoduro nach einem Zimmer für Shirin und Parviz gefragt hatte. Konnte sie es jetzt noch tun? Oder war es unhöflich?

Ferraghani begriff erst, als sie in der Wohnung das Bettzeug aus dem Schrank holten. Bestürzt sah er sie an – darüber hatte er sich vorher keine grauen Haare wachsen lassen. Großzügig traten sie den Diwan an Shirin und Parviz ab und legten sich gegen halb zwölf auf der Matratze schlafen, unter dem weit geöffneten Fenster zum Kanal. Noch hörte man das Lachen der Fußgänger auf der Brücke, einzelne Motorboote und Rufe, aber der Lärm war nicht stark genug, um die Geräusche der Liebe zu übertönen, er verebbte, flakkerte wieder auf, wurde schwächer, wehte in Fetzen herauf und verstummte.

Ihr Verlangen quälte sie maßlos. Wie immer hatten sich ihre Körper aneinander entzündet, kaum daß sie sich an Armen und Schultern berührt hatten, aber sie wagten nicht, sich zu rühren. Sanda hoffte inständig, daß Parviz und Shirin irgendwann durch lautes Schnarchen bekunden würden, tief eingeschlafen zu sein, aber diesen Gefallen taten sie ihr nicht. Hinter dem Mauervorsprung drang nichts als Stille hervor, ein leichtes Seufzen und Knarren des Diwans. Merkwürdig: Auf den Gedanken, das andere Paar könnte unter dieser Situation genauso leiden, kam sie nicht. Sie bedauerte nur sich selbst und Ferraghani, der sich eng an ihre Hüfte schmiegte, unerlöst und unruhevoll. Sie fingen an, sich mit winzigen qualvollen Bewegungen aneinander zu reiben, es war fürchterlich, eine einzige Tantalusnacht, in ihrem Kopf entstanden die Miniaturen der Baisonkur-Handschrift Zug um Zug: Homa und Homayun auf dem Liebeslager, ineinander verschränkt und mit einem durchsichtigen Schleier bedeckt, ein schlafender Diener auf dem Balkon; Nauruz und Gul auf dem Liebeslager, ineinander verschränkt und mit einem durchsichtigen Schleier bedeckt, die schlafende Dienerin auf einer Decke zu ihren Füßen. Mit einer beherzten Umdrehung versuchte sie sich von Ferraghani zu entfernen und endlich einzuschlafen, vergeblich, Ferraghani drehte sich hinterher, sie klebten aneinander wie Honig, kamen voneinander nicht los und verbrachten die Nacht in heller Verzweiflung. Irgendwann gegen Morgen schliefen sie ein.

Am nächsten Morgen wirkten Shirin und Parviz frisch und erholt, Abbas strotzte vor Kraft, Ferraghani und Sanda hatten Ringe unter den Augen. In der Küche berieten sie, wo sie die Verwandten für eine Stunde hinschicken konnten.

»Alleine verirren sie sich«, sagte Ferraghani unruhig, »es wäre sehr unhöflich.«

Nach dem Frühstück holte Sanda den Katalog der Accademia aus dem Regal, führte ihre Gäste ans Fenster und sagte, Ferraghani und sie hätten die wundervollen Bilder schon oft genug gesehen. Sie könnten aber getrost alleine hinübergehen, nur über diese Brücke da und in das große Gebäude auf der anderen Seite. Sie kreuzte die wichtigsten Bilder an und sagte, es bestünde keine Gefahr, sich zu verirren, in zwei Stunden konnten sie wieder zurück sein.

Gehorsam machten sich ihre Gäste auf den Weg. Gebannt standen Ferraghani und Sanda am Fenster und beobachteten, ob sie unterwegs nicht wieder umkehren würden, aber das taten sie nicht. Mitten auf der Brücke blieb Abbas stehen und winkte ihnen freundlich zu. Daraufhin sanken sie vom Fenster auf die Matratze und begannen augenblicklich mit ihrem Erlösungswerk, das sie zu aller Sicherheit noch einmal wiederholten.

Den Rest des Tages verbrachten sie ausgeglichen mit Kaffeetrinken, Eisessen, der Betrachtung der Pala d'Oro und einer Fahrt zum Lido. Sie aßen in derselben Locanda zu Abend, nahmen die zweite Nacht gefaßt in Angriff, und am andern Morgen schickte Ferraghani seine Verwandten in ein nahegelegenes Wäschegeschäft. Shirin wollte unbedingt italienische Bettwäsche kaufen. Sie blieben etwa eine Stunde weg, und das einzige, was ihnen zustieß, war, daß Shirin im Geschäft mit der Stirn gegen die geschlossene Glastür rannte – offenbar war auch sie mit ihren Gedanken nicht ganz bei der Sache.

Am dritten Morgen hatten sie Mitleid mit den beiden, ließen sie allein in der Wohnung zurück und schlenderten mit Abbas Richtung San Marco. Er fotografierte jeden Stein. Das venezianische Rot hatte es ihm angetan, die helle frische Blutfarbe, ihr Kontrast mit den grünen Fensterläden und den weißen Rahmen. Auf der Piazza entdeckten sie ein Glasgeschäft mit verspiegelten Schaufenstern. Ein Teil der Gebäude kroch mit Säulen und Arkaden geisterhaft in diese Spiegel hinein, die Glasgebilde schienen im Nichts zu schweben, durchsichtig wie Luft, als würden sie seufzen und klingen, aber nicht existieren. Abbas fotografierte alles, die Geschäfte, die Touristen, die Tauben auf dem Pflaster und Ferraghani und Sanda vor der weißgoldenen Moschee. Das Tympanon war eingerüstet und grün verschleiert, in der Farbe des Propheten.

Am Abend brachten sie die Verwandten zum Bahnhof. Sanda war froh, als ihre Züge aus der Halle rollten. Sie fühlten sich wie Kinder, die plötzlich schulfrei hatten, fuhren mit dem Dampfer bis San Marco zurück und setzten sich in eines der Cafés.

»Möchtest du noch irgend etwas besichtigen?« erkundigte sich Sanda scheinheilig.

»Nein«, sagte Ferraghani. »Das einzige, was ich sehen will, sind meine Paradiesvögel auf deinem Nachttisch.«

Sie gingen nach Hause, entzündeten Räucherstäbchen und kochten Safranreis.

Nachts hatte Sanda einen sonderbaren Traum. Sie war im offenen Wagen unterwegs, mit einem Vater und einem Sohn, die sie sehr liebte. Sie gehörten einem dunklen Volk an, das man an die Grenzen des Reichs transportierte, weil es mit seinen Elfenbeingesichtern nicht mehr in die Zeit paßte. Komisches Reich, dachte Sanda, Grenzpfosten, Schilderhäuschen? Ein deutscher Kleinstaat.

Sie liebte beide, Vater und Sohn, so sehr, daß sie in einem unbeobachteten Moment die Stiefel des Vaters an sich brachte und sie an Kinn und Wange drückte.

Auf einem Hügel an der Grenze stand eine Moschee. Scherben waren in den Putz gedrückt. Der Sohn wollte Sanda mit hinaufnehmen. Aber sie konnte den Vater nicht allein lassen.

»Warum bist du so traurig?« fragte Ferraghani, als sie erwachten.

»Weil du heute abfährst.«

Ferraghani versank in Niedergeschlagenheit wie in einem schwarzen Loch.

Trouble

Eines Mittags in Wien, sie waren gerade aufgestanden, klingelte es an Ferraghanis Wohnungstür. »Vielleicht ein Einschreiben?« wunderte er sich.

Als er öffnete, rannte ein zierliches Wesen unter seinem Arm hindurch ins Zimmer, blieb stehen, holte tief Luft und rief: »Ich weiß, wir haben uns gestritten, ich weiß, es gab Schwierigkeiten, aber ich bin mit unserer Trennung nicht einverstanden! Wir müssen darüber reden!«

»Müssen wir das?« fragte Ferraghani überrascht.

Das Wesen war eine vielleicht fünfundzwanzigjährige Frau. Sie musterte Sanda von oben bis unten, warf den Kopf zurück und sagte: »Und wer sind Sie?«

Als Ferraghani und Sanda schwiegen, fügte sie kampflustig hinzu: »Das hab ich in der Gruppe gelernt! Mein neues Selbstbewußtsein sollte mein Geschenk für Cyrus sein.«

Sanda hatte keine Ahnung, wer das sein mochte.

Das Mädchen rief: »Wir haben uns im Bett nicht verstanden, na und! Es ist unfair, es als Argument zu benutzen! Überhaupt darüber zu reden!«

Sanda fand ihre Handtasche. »Das hat bisher auch keiner getan«, sagte sie.

»Wir haben uns getrennt!« rief Ferraghani.

»Aber ich bin damit nicht einverstanden!« erwiderte das Mädchen. »Ich habe mir alles überlegt! Jetzt bin ich wieder da!«

Sanda war fasziniert und fassungslos. Durfte man so aggressiv sein? Offenbar ja. Denn es geschah nichts. Ferraghani war überlegend zum Fenster hin ausgewichen, und Sanda dachte: Ich gebe ihr dreißig Sekunden. Sonst gehe *ich*.

Sie wartete, ging zur Tür, die sie leise hinter sich schloß, dann die Treppe hinunter und durch den Hof. Plötzlich wußte sie, wo sie das Mädchen schon gesehen hatte. Vor langer Zeit, in der Bibliothek. Sie hatte sich über den Winkel gewundert, den die beiden an Ferraghanis Tisch bildeten. Ein Trapez der Ablehnung. Halb zurückgelehnt saßen sie da, und das zierliche blonde Geschöpf hatte ihm in Abständen etwas zugezischt. Er hatte es gelassen aufgenommen. Leicht beleidigt, mit einer gewissen Sturheit. Er blieb auch sitzen, als sie ging. Es mußte damals gewesen sein, als Sanda seine Bewegungen auswendig lernte.

Sie hörte Schritte. Jemand kam auf der Straße eilig hinter ihr her.

»Er hat mich rausgeschmissen«, keuchte das Mädchen. »Helfen Sie mir!«

»Wie könnte ich das!« sagte Sanda indigniert. Aber die Neugier hatte sie im Griff. Zusammen mit einer widerwilligen Mitmenschlichkeit.

»Darf ich Ihnen schreiben?« flehte das Mädchen. »Lassen Sie mich Ihnen schreiben! Damit wenigstens eine Verbindung besteht!«

Nanu, dachte Sanda, auf einmal so bescheiden! Hat Ferraghani es ihr klargemacht? Die unglückliche Exfreundin tat ihr plötzlich leid. Sie schrieb ihre Adresse in das fremde Notizbuch.

»Geben Sie mir Ihr Ehrenwort, daß Sie ihm nichts davon verraten…«, verlangte die Unbekannte jetzt. »Ich gebe Ihnen auch meines – es wäre furchtbar, wenn er es erfahren würde!«

Sie hieß Zenta Herbst, hatte ein spitzes Kinn, blonde Haare und blaue Augen. Wir wollen in diesem Leben viel zu gern großmütig sein, dachte Sanda niedergeschlagen. Nach einigem Zögern gab sie tatsächlich ihr Ehrenwort, und wie durch Zauberschlag war Zenta Herbst verschwunden.

Als sie vor ihrer alten Wohnung ankam, stand Ferraghani an der Ecke und betrachtete die Möbel im Schaufenster.

»Was wollte sie von dir?« fragte er.

»Wieso?« fragte sie zurück. »Ist sie irgendwie gefährlich?«

»Nein. Aber in einem schrecklichen Zustand! Hat sie dir irgendwas erzählt?«

»Wir haben nicht länger als eine Minute miteinander gesprochen«, sagte Sanda abweisend.

Er schüttelte den Kopf. »Daß sie dir nachgehen würde, fiel mir erst ein, als sie aus der Tür war«, sagte er. »Tut mir leid.«

»Habt ihr euch wirklich getrennt?« wollte Sanda wissen.

Ferraghani nickte. »Schon lange«, sagte er.

»Hat sie die Trennung akzeptiert?«

»Bisher schon.«

»Und jetzt?«

Er zuckte mit den Achseln. »Jetzt ist sie furchtbar eifersüchtig.«

Sanda hoffte, er werde noch etwas sagen. Er war ihr zu wenig empört. Sie fand, er müsse sich für das Verhalten seiner Exfreundin entschuldigen, irgendeine starke Reaktion zeigen. Sie fragte ihn, ob er lieber mit Zenta zusammensein wolle als mit ihr, und er sah sie entgeistert an. Wie konnte sie so etwas fragen? Sie verstand nicht, daß er nicht verstand.

Zwei Tage später verabschiedeten sie sich am Südbahnhof. Die Ferien waren zu Ende. Ferraghani zog einen Beutel Safran aus der Tasche.

»Du sollst regelmäßig kochen und essen«, sagte er, »sonst wird man krank.«

»Wo ist der Bezoar?« ärgerte sich Sanda. »Der Stein der persischen Ziege? Mir ist schlecht.«

Sie waren entsetzlich traurig. Er ging einige Schritte neben dem fahrenden Zug her. In ihren Gesichtern stand Ratlosigkeit und Begehren.

Der Zug rollte aus der Stadt. Schmerz breitete sich in ihr aus, Enttäuschung, Hoffnung, Wut.

Etwas Dunkles, Glänzendes hatte sie an die Stufen eines Palastes gespült und dort liegenlassen. Sie hatte nicht geahnt, daß Gefühle so heftig sein konnten. Sie vermißte Ferraghani. Seine unbekannten Gedanken, seine Blicke, seine Haut. Ihr märchenhaftes, unerwartetes Glück hatte ihr einen Begriff von Seligkeit geschenkt, den sie so schnell nicht vergessen würde. Aber nun war es beschädigt, krank, aus dem Lot.

Sie kehrte in ihre Stipendiatenwohnung zurück und versuchte zu arbeiten. Es ging nicht. Sie zerriß, was sie schrieb. Wenn sie abends einschlief, dachte sie: Ich kann diese Geschichte mit Zenta nicht deuten. Ist sie nur eine arme Irre? Warum bin ich so wütend? Ach, was soll's! Ich muß sie mir aus dem Kopf schlagen. Das wird das beste sein.

Sie gewöhnte sich an, in Momenten der Sehnsucht die Karten zu legen, immer so lange, bis Herzkönig und Herzdame in einer günstigen Konstellation vereint waren, Pikdame gnadenlos an den Rand gedrängt wurde oder mitsamt Pikkönig überhaupt unter den Tisch fiel.

Einmal fragte sie am Telefon: »Und Zenta? Hast du mit ihr noch gesprochen?«

»Nein«, sagte Ferraghani. »Ich habe sie nicht mehr wiedergesehen.«

Es klang beruhigend. Vielleicht wurde alles gut. Das zierliche Wesen würde seinen Kummer überwinden. Die Zeit heilte bekanntlich alle Wunden, und Zenta würde jemanden finden, mit dem sie körperlich genauso harmonierte wie Sanda mit Ferraghani, und eines Tages würden sie alle über diese Geschichte lachen.

Blei oder Gold

Da haben wir den Salat, dachte Sanda, als sie den Brief aus dem Kasten fischte. Man wendet sich hilfesuchend an mich! Mit klopfendem Herzen riß sie den Umschlag auf, nachdem sie den Absender noch einmal überprüft hatte.

»Liebe Sandra«, stand da in einer flüssigen, etwas altmodischen Handschrift. »Ich weiß nicht, mir kommt es verrückt vor, daß ich Ihnen jetzt schreibe. Die Situation ist reichlich grotesk, und vielleicht rede ich mir ein, es ist alles nicht wahr. Hoffentlich haben Sie Cyrus nichts von unserem Gespräch gesagt! Ich bitte Sie nochmals, tun Sie es nicht! Vielleicht kommt der große innere Zusammenbruch erst.

Alles, was ich über Cyrus und mich schreibe, ist unvollkommen! Ich bin nicht verliebt, nicht *körperlich* von ihm angezogen. Es klingt vielleicht lächerlich, aber ich glaube für mich an das Absolute, und das habe ich in Cyrus gefunden.

Ich muß Ihnen natürlich sagen, daß ich Sie am liebsten erwürgt hätte. Aber das Problem sind nicht Sie, es steckt in Cyrus...«

Sanda ließ das Blatt sinken. Welches Problem denn? dachte sie neugierig.

»Er ist der Passivere in einer Beziehung«, las sie, »weil es ihm völlig selbstverständlich ist, daß man ihn liebt. Gleichzeitig wohnt so etwas wie eine Urangst in ihm, es könnte alles nicht stimmen. Er mißtraut Gefühlen, sie stellen in erster Linie eine Bedrohung für ihn dar...«

Genau wie bei mir, dachte Sanda erfreut, das ist doch sympathisch.

»Cyrus denkt viel über sich selbst nach, wahrt ängstlich seine Sphäre, und er akzeptiert eine Grundtatsache nicht – daß es, vereinfacht ausgedrückt, zwei Geschlechter gibt, so daß die Gemeinschaft von zwei Menschen nie die vollkommene Erfüllung, die hundertprozentige Einheit bringen kann...«

Unsinn, dachte Sanda, natürlich kann sie! Es gibt diese Erfüllung. Aber wie der Blinden von der Farbe reden?

»Es klingt vielleicht pathetisch, aber ich bin geistig so an ihn gebunden, daß ich mich umbringen müßte, wenn ich ihn aufgäbe. Manchmal dachte ich in den letzten Stunden, ich muß jetzt Schluß machen. Aber ich werde es nicht tun. Ich werde mich um Cyrus bemühen. Ich werde um ihn kämpfen, ich werde auf ihn warten, ich werde alles riskieren.«

Moment mal, dachte Sanda irritiert, ich bin doch auch noch da! Ich lasse mich doch nicht einfach so wegschieben!

»Ich kann und will Sie nicht erpressen oder gewissermaßen die formelle Kriegserklärung überreichen, das wäre zu lächerlich« – du tust es aber, dachte Sanda erbost –, »nein, Sie können von mir Fairneß und Ehrlichkeit erwarten! Ich bitte Sie nochmals, halten Sie Ihr Versprechen, so wie ich es halte, und schreiben Sie mir, wie die Sache sich entwickelt. Zenta Herbst.«

Da haben wir den Salat, dachte Sanda zum zweiten Mal. Sie drehte die letzte Seite um.

»P.S.:«, schrieb Zenta. »Ich weiß nicht, was Cyrus für Sie empfindet, aber es kommt mir wie ein Ausweichmanöver vor. Alles, was man nicht besitzt, reizt, alles Neue ist interessant! Sie sind ein Mensch, der genau wie er im Grunde zweifelt und, was die Zukunft angeht, in der Luft hängt, ist es vielleicht das, was Sie an ihm anzieht? Mir drängt sich der Vergleich vom Blinden und vom

Lahmen auf! Ich frage mich ganz ehrlich, ist gemeinsame Unsicherheit und Zweifel eine Basis? Glauben Sie nicht, daß von seiner Seite eine gehörige Portion Eitelkeit im Spiel ist? Sich jemand Neues einzufangen, noch dazu jemanden, der in Venedig wohnt, da läßt es sich angenehm mit dem Feuer spielen! Ich meine, selbstverständlich braucht er Bestätigung! Gerade in einer Krisensituation, wenn es ihm schlechtgeht. Ich bin weit davon entfernt, ihm Vorwürfe zu machen!«

Sanda wurde es abwechselnd heiß und kalt. Giftmischerin, dachte sie. Heuchlerin. Schlange. Fingert mit ihren Pfoten an meiner Halskette herum und fragt: Oh! Ist das dieses amerikanische Doublé, von dem man jetzt so viel hört? Blei mit Goldüberzug? – Aber du wirst dich wundern, meine Liebe. Mich holst du nicht auf dieses Niveau herunter. Ich mache doch keine Eigenreklame. Liebe ist keine Ware.

»Krisensituation?« schrieb sie nach kurzem Nachdenken zurück. »Da wüßte ich eine Lösung. Sie akzeptieren, daß Ferraghani sich von Ihnen getrennt hat, und schon ist die Krise vorüber. Nicht Ferraghani hat ein Problem, sondern Sie! Mich zieht Ferraghani körperlich sehr wohl an, und weil das so ist, bleibt Ihnen gar nichts anderes übrig, als abzuwarten. Aber das hatten Sie ohnehin vor. Ich kann nicht sagen, was sich aus unsrer Beziehung noch entwickelt. Alles? Oder nichts? Lassen wir es auf uns zukommen. Freundliche Grüße, Sanda Lenz.

P.S.: Möglicherweise sind es gerade unsere Vereinigungen, die Cyrus das Gefühl geben, daß ›zwei getrennte Menschen verschiedenen Geschlechts‹ doch wieder in die platonische Einheit zurückfinden. Jene ›hundertprozentige Einheit‹, auf die Sie vorschnell verzichten wollen, weil sie Ihnen mit Ferraghani nicht möglich ist.«

Sie fühlte sich miserabel. Diese Verrückte zwingt mich, zu reagieren, dachte sie. Und herunter zieht sie mich irgendwie doch! Natürlich, weil ich nicht mit ihm reden darf… Sie ertappte sich dabei, wie sie grimmige Briefe an Ferraghani entwarf.

Zentas nächster Brief zwei Tage später war so dick wie der erste. Sie kann meine Antwort unmöglich schon bekommen haben, dachte Sanda erschrokken. Sie hat sich offenbar ins Schreiben verliebt.

»Liebe Sandra«, begann Zenta, »mir ist noch so viel eingefallen, daß ich Ihnen nochmals schreiben muß! Vielleicht ist es günstig, wenn ich Ihnen von meiner Beziehung zu Cyrus erzähle. Wir kennen uns aus einem Englischkurs. Ich war frisch von der Uni weg im Probejahr in der Schule. Zuerst war ich vorsichtig, aber bald mochte ich ihn mehr, als ich sagen kann. Wir haben uns allerdings nur an den Wochenenden gesehen, er hat eifrig gelernt.

Nach einem Jahr wurde ich beruflich stark eingespannt, war an den Wochenenden ziemlich fertig. Ich habe Cyrus x-mal gesagt, ich würde wesentlich normaler *mit* ihm leben als diese zermürbende Doppelexistenz, pendelnd zwischen Arbeit und zwei Wohnungen, aber er wollte nicht.

Vielleicht halten Sie mich jetzt für bequem? Ich möchte aber alles perfekt machen. Folge: Ich reibe mich auf, und Cyrus erwartet das auch von einer Frau! An seiner Haustür muß für ihn, wenn er aus dem Existenzkampf als müder Krieger heimkommt, die heile Welt beginnen: immer gepflegte Frau, immer gut aufgelegt, bereit, auf ihn einzugehen. Ich war oft zu müde dazu.«

Was ist denn das für ein Stil, dachte Sanda angewidert. Das ist doch nicht Ferraghani! Meinen wir überhaupt denselben?

»Mir wirft er Kontaktarmut vor, aber die wenigen Male, die ich noch in die Bibliothek gekommen bin, hat er mich bewußt von seinen Freunden distanziert. Einmal habe ich mich einfach dazugesetzt, er hat mich nicht einmal vorgestellt! Das klingt jetzt so, als wollte ich mich beklagen, aber ich tue es nur, weil er mich selbst daran gehindert hat, ihm meine ganze Zeit zu widmen!«

Ja, hat sie denn Tomaten auf den Augen? dachte Sanda. Merkt sie nicht, daß sie unerwünscht ist? Sie überflog die letzte Seite.

»Ich bin sehr stolz und kann sehr verschlossen sein, aber wenn ich jemanden liebe, dann versuche ich seiner Vorstellung hundertfünfzigprozentig zu entsprechen. Ich rücke ihn quasi in den Mittelpunkt meines Denkens, und jede Frage lautet für mich: Wie denkt Cyrus, was braucht er? Ich will nicht den Eindruck einer selbstlosen Person erwecken, aber weil ich Cyrus so sehr liebe, denke ich praktisch ständig über ihn nach. Ich weiß, daß ich seiner Vorstellung von der richtigen Frau ziemlich genau entspreche, denn er ist mein Lebensinhalt.«

Sanda hielt den Brief mit spitzen Fingern von sich ab. Diese Frau versucht mir einzureden, sie fühle mehr als ich? Was versteht sie denn davon? Und ich darf Ferraghani nicht mal was erzählen?

»Wenn ich bedenke, daß Sie jetzt mit ihm zusammen sind, kommt mir der Ekel hoch, und ich bedaure mein Zögern zutiefst. Noch im letzten Herbst wollte ich ihm eine feste Bindung vorschlagen, mit anderen Worten die Heirat. Allerdings wäre ich schon vollkommen glücklich, wenn er nur mit mir leben wollte! – auch wieder zuwenig gesagt, ja, verdammt, ich will die Ehe! –, aber ich habe das Gespräch von Woche zu Woche verschoben, weil ich Angst hatte, mir an seiner Schutzmauer einen blutigen Kopf zu holen, Angst, er mag mich nicht so. Er glaubt an einen Fehlschlag bei uns und sagt, daß er seine Gefühle ›abgebaut‹ hat. Aber auch ›Abbau‹ setzt voraus, daß etwas da war, oder nicht?«

Sie ist verrückt, dachte Sanda kopfschüttelnd. Ein Fall für den Psychiater.

»Dann kam die Trennung. Ich war kurz vor der Kapitulation. Nur entdeckte ich dann ein derartiges Reservoir an Gefühlen für Cyrus in mir – ich sage einfach, ich liebe ihn von ganzem Herzen und nehme ihn mit allen Fehlern an.«

Welchen? dachte Sanda. *Seinen* Fehlern? Oder ihren?

»Ich habe angefangen, Persisch zu lernen, es sollte ein Geschenk für Cyrus sein. Die Sprache machte mir großen Spaß, und in Persien scheint mir vieles um einiges besser zu sein als hier! Hier ist man doch Außenseiter. Ich kann Ihnen nur ganz deutlich sagen, ich habe mit Cyrus nicht Schluß gemacht! Wenn ich Sie wäre, würde ich die Flucht vor dem Problembündel Cyrus ergreifen! Vielleicht oder sogar sicher sind Sie später heilfroh, ihn los zu sein. Bitte schreiben Sie mir bald und ehrlich, was Sie denken, es bleibt selbstverständlich bei mir. Sie sollten sich trauen! Zenta Herbst.«

Sanda atmete tief durch. Schluß! dachte sie. Das muß ein Ende haben.

»Aber Ferraghani möchte Ihre Geschenke gar nicht!« kritzelte sie in ihrem Antwortbrief. »Gefühle lassen sich nicht erzwingen! Ich habe mit ihm eine ganz andere Geschichte, die Sie eigentlich nichts angeht! Jetzt auch noch hundertfünfzigprozentige Selbstaufgabe? Was soll denn das sein? Nein, ich werde die Flucht nicht ergreifen, glücklicherweise kommt er von selbst zu mir. Nicht wie Buridans Esel, der zwischen zwei Heubündeln verhungerte, weil er sich nicht entscheiden konnte.«

Ihr fiel ein, wie sie in Wien nichtsahnend einen Nachsendeantrag gestellt hatte. Darin befand sich eine Rubrik: *Poststücke, die auf keinen Fall nach-*

geschickt werden sollen. Im Geist setzte sie nachträglich dort ein: *Briefe von Zenta Herbst.* Es kam auch nur noch einer, ein Zettel von monumentaler Schlichtheit.

»Liebe Sandra! Danke für Ihre beiden Briefe. Sie und ich haben darin das Wesentliche gesagt. Ich finde es nicht sinnvoll, Ihnen über meine Beziehung zu Cyrus zu schreiben, das geht nur ihn und mich etwas an. Wir müssen das allein miteinander ausmachen, weil es nur uns etwas angeht. Zenta Herbst.«

Tautologische Kuh, dachte Sanda. Und wieder »Sandra«, als könne sie nicht lesen! Aber vielleicht auch eine Taktik, die sie in ihrer Gruppe gelernt hat. Verändere den Namen deines Feindes, tu es konsequent, es kostet ihn Energie, Sympathie und untergräbt wirksam seine Selbstachtung.

»Liebe *Zentra*!« schrieb sie zurück. »Auch mir erscheint ein weiterer Austausch der Positionen nicht sinnvoll. Beste Grüße, Sanda Lenz.«

Dann stolperte sie wieder über Zentas Satz: Danke für Ihre beiden Briefe. Sie und ich haben darin das Wesentliche gesagt. – Wie, dachte Sanda, auch in *meinen* Briefen hätte *sie* das Wesentliche gesagt? Wie hat sie denn das gemacht?

Der ganze Zettel sah wie eine Quittung aus. Danke, ich habe jetzt, was ich brauche. – Aber warum? Komisch.

Sanda war verletzt.

Die wollte meine Hilfe nicht wirklich! dachte sie gekränkt.

Venezia Vienna

Eine Woche vor ihrem nächsten Besuch in Wien ging sie durch eine Gasse hinter dem Canal Grande. Sie kam an einem Schild vorbei, das sie frappierte. *Venedig Wien* stand darauf, *Venezia Vienna.* Immer auf der Suche nach verbilligten Fahrkarten blieb sie stehen und dachte: Ein Reisebüro? Dann entzifferte sie ›Ausstellungsprojekt‹ und wollte schon weitergehen.

Aus Neugier trat sie trotzdem in den Palast. Ein ganzer Stab von Wissenschaftlern beschäftigte sich dort im Mezzanin mit Wien und der Republik Venedig – ihren Beziehungen auf dem Gebiet der Politik, Literatur, Musik, Architektur und Malerei.

Sanda bekam einen Mordsschreck. Sie saß an einer Arbeit über die Maler Ricci, Bellucci, Pellegrini, Bellotto und Bencovich, nicht zu vergessen die göttliche Rosalba Carriera, und deren Beziehung zu Wien. Tat jemand vielleicht in diesem Augenblick genau dasselbe und nahm ihr das

Thema weg? In der akademischen Welt wurde man ständig von solchen Ängsten geplagt.

Aber die Leute vom Ausstellungsprojekt beruhigten sie, forderten sie ohne weiteres zur Mitarbeit auf und gaben ihrer Überzeugung Ausdruck, Sanda werde mit ihrer Arbeit lange vor ihnen fertig sein.

Es war ein Gefühl wie Nachhausekommen. Die Bibliothek war gut bestückt. Sanda ging mit riesigen Bücherpaketen unter dem Arm davon und las gierig und trunken in den nächsten Tagen und Nächten Fritz von Herzmanovsky-Orlando, Arthur Schnitzler, Hugo von Hofmannsthal und Ferdinand von Saar. Die Sehnsucht nach Wien wurde übermächtig und vermischte sich mit der Sehnsucht nach Ferraghani. Die einzelnen Plätze begannen aufzuleuchten und eine besondere Bedeutung anzunehmen. Sie wollte so schnell wie möglich wieder zurück.

Aber als sie im Zug saß und durch eine prachtvolle Spätherbstlandschaft rollte, dachte sie: Will ich es wirklich? Das reale Wien erschien ihr plötzlich so fremd. Sie schob es darauf, daß sie in Wien keine eigene Wohnung mehr hatte. In ihrem Zimmer saß jetzt ein Nachmieter. Sie mußte bei Ferraghani wohnen, und diese Vorstellung machte ihr angst. Sie fühlte sich aus dem Paradies vertrieben, aus der Oase der schönen Architektur in der Inneren Stadt, wo das Räderrollen der Fiaker, das elegante Hufklappern sie jeden Morgen geweckt hatte.

Ferraghani holte sie am Bahnhof ab. Er wirkte nachdenklicher als sonst.

»Was hast du?« fragte sie ihn.

»Im November eine Teilprüfung«, meinte er, »auf die ich mich die ganze Zeit schon vorbereite. Der Professor ist ein Sadist und dafür bekannt, daß er kaum jemanden beim ersten Mal durchkommen läßt.«

»Oh«, sagte Sanda, »hoffentlich störe ich nicht, gerade jetzt in diesem Moment.«

»Aber nein«, sagte er.

Ferraghanis Wohnung lag in der Vorstadt. Das Haus war lange nicht mehr verputzt worden und von Abgasen geschwärzt, die Einfahrt schmucklos, die Höfe kahl. Fahrräder lehnten unter den Fenstern. Ab und zu kläfften Hunde beim Durchqueren ihr eigenes Echo an. Im Sommer hörte man morgens lautes Telefonieren, um die Mittagszeit Schnitzelklopfen, abends Radio- und Fernsehgeräusche, nachts das eindrucksvolle Orchester der Liebe. Dies alles hatte sie bislang nie beeinträchtigt.

Eines Abends spät hörten sie seltsame Laute

wie von einem Käuzchen. Sie gingen in asthmatisches Stöhnen über. Irgendwo starb ein Mensch. Sanda sprang aus dem Bett und suchte nach ihren Kleidern. Ferraghani fragte, wo sie hinwolle.

»Es kommt aus dem Treppenhaus«, meinte Sanda. »Ich gehe nachsehen.«

»Misch dich nicht ein«, warnte Ferraghani.

»Du kannst mich ja begleiten«, schlug sie vor.

Das Röcheln und Stöhnen zog sie ein Stockwerk höher. Auf dem Treppenabsatz lag eine blonde Frau im Dirndlkostüm mit grüner Jacke. Sie richtete sich auf, als sie die beiden kommen sah, und lehnte sich mit dem Rücken an die Wand.

»Was fehlt Ihnen, um Gottes willen?« fragte Sanda.

»Er ist da drin«, heulte sie und wies mit ausgestreckter Hand auf die Wohnungstür. »Ich weiß, daß ihr da drin seids! Kummts außi!«

»Laß uns verschwinden«, sagte Ferraghani, »ein Eifersuchtsdrama.«

»Fehlt Ihnen irgendwas?« fragte Sanda. »Sind Sie gestürzt, sind Sie verletzt?«

»Er ist da drin mit seiner Hur!« schrie die Frau. »Ich hol die Polizei!«

Als Antwort drehte sich in der verschlossenen Tür ein Schlüssel. Hastig und verstohlen. Dann wieder Ruhe.

»Ich hol die Polizei! Ich hol die Polizei!« kreischte die Bedauernswerte, und Ferraghani sagte: »Die Polizei wird Sie gleich holen.«

Wie in Zeitlupe stand die Frau auf. »Ich bleib die ganze Nacht hier«, kündigte sie an. »Seit zwei Jahren betrügt mich mein Mann mit dieser Hur!«

Von unten hörte man Schritte. Der Hausmeister kam, den Mantel über den Pyjama geworfen. Gemeinsam ergriffen er und Ferraghani die Frau unter den Armen, führten sie die Treppe hinunter und durch den Hof nach draußen.

»Was habt ihr mit ihr gemacht?« wollte Sanda wissen, als Ferraghani zurückkam.

»In ein Taxi gesetzt«, sagte er achselzuckend. »Erst wollte sie ihre Adresse nicht nennen. Dann doch.«

»Mein Gott, die Ärmste«, sagte Sanda. »Wie kann man nur so verstört sein! Vielleicht war ihr Mann gar nicht da drin.«

»Dann war er jedenfalls woanders drin«, meinte Ferraghani.

»Und kennst du die Hur, ich meine, die Hausbewohnerin dort oben?«

»Nicht daß ich wüßte.« Er schüttelte den Kopf.

Sanda war fasziniert. Alles so weit weg von ihrem Mysterium. So irdisch. So real.

Nachts hatte sie einen Traum. Ihr kostbarer

Prinz veränderte sich vor ihren Augen. Die schimmernde Oberfläche schmolz und heraus schälte sich ein Fremder, ein häßlicher Mann mit Triefaugen, der sie verständnislos anglotzte.

Sie schrie auf und erwachte. Neben ihr lag Ferraghani und schlief mit zerwühltem Haar. Sie war erleichtert.

Am andern Morgen erzählte sie ihm den Traum. Er lächelte und machte sein Witzgesicht. »Das kommt von euren Märchen«, sagte er. »Muß die Prinzessin einen Frosch küssen, um den Prinzen zu bekommen, wird sie ewig Angst haben, sie küßt den Prinzen und bekommt wieder einen Frosch.«

»Aber es war so schrecklich«, sagte Sanda schaudernd. »Als ob das Schönste auf der Welt im Augenblick zum Gerippe schrumpfte, zum grinsenden Skelett, und eh man sich's versieht, ist nur noch Asche übrig.«

Das schöne Herbstwetter zog sie in die Innenstadt. Auf Schritt und Tritt kamen ihnen die Bewohner der k. u. k. Monarchie entgegen. An allen Bauzäunen lebensgroße Poster nach alten Fotografien. Die Frauen balancierten riesige Hüte und Sonnenschirme. Ein Jüngling war genau in dem Augenblick abgelichtet worden, als er seine Taschenuhr zog. Ein geisterhaftes Kaiserreich spazierte durch das vom U-Bahn-Bau aufgerissene Wien. Man erkannte im Hintergrund dieselben Gebäude, die sich seit achtzig Jahren kaum verändert hatten, am Ring, am Graben und in der Kärntnerstraße, und ging an den kaiserlichen Fotomenschen vorbei, als wären es Geschwister. Man berührte sie mit der Hand oder drückte sich flach an sie, um andere Leute vorbeizulassen.

Ferraghani und Sanda ließen sich treiben. Die Cafetiers hatten die Stühle noch draußen, ganz Wien flanierte, trank Cappuccino und aß Eis. Das letzte Eis des Jahres. In der Nähe der Oper fanden sie einen freien Tisch und bestellten.

»Erinnerst du dich«, fragte Sanda, »wie der ganze Stefansplatz plötzlich verschwunden war? In ein riesiges Loch gefallen? So daß man nur noch auf schmalen Brettern an diesem Nichts vorbeikam?«

»Natürlich«, sagte Ferraghani, »und an das blaurot ausgemalte Gewölbe in zehn Meter Tiefe, mitten im Lehm! Du und Anthea, ihr wart von Fellinis *Roma* so behext, daß ihr es für eine römische Villa gehalten habt.«

»Die Archäologen auch!«

»Dabei war es eine unterirdische Weinstube aus dem Jahr 1870...«

»Und erinnerst du dich…«

Wie aus dem Nichts gewachsen stand plötzlich eine blonde Frau zwischen ihnen. Zu Ferraghani sagte sie betont sanft: »Wie geht es dir?« Sie sah ihn eine Weile mit schwimmenden Augen an, dann rannte sie weg.

»Jesus!« erschrak Sanda. »Zenta Herbst!«

Ferraghani rief den Kellner und zahlte. »Komm«, sagte er, »schnell! Hier ist es nicht mehr geheuer.«

Zu spät. Zenta Herbst kam bereits mit einer älteren Dame zurückgeeilt.

»Cyrus«, schmeichelte sie sanft. »Darf ich dir meine Schuldirektorin vorstellen? Frau Direktor, dies ist Cyrus, von dem wir gesprochen haben.«

»Ah, der Herr, für den die Frau Professor so schön Persisch gelernt hat!« sagte die Direktorin anerkennend. »Ja, die Frau Professor hat mir viel von Ihnen erzählt.«

»Und dies ist die Dame«, rief Zenta mit ausgestrecktem Zeigefinger, »die sich zur Zeit mit ihm vergnügt!«

Peinlich berührt drehte Frau Direktor sich um.

»Angenehm«, sagte Sanda und mußte lachen.

»Oha!« meinte Frau Direktor. »Auch von Ihnen hat mir die Frau Professor schon erzählt! Wir sollten drüber reden.«

»Aber nicht hier«, rief Zenta Herbst. »Wir gehen in die Weinstube dort drüben.«

Ferraghani machte keine Anstalten aufzustehen.

»Jawohl«, sagte Sanda kampflustig, »wir sollten drüber reden! Ein für allemal, um diesen Spuk zu beenden!«

Ferraghani sah sie widerstrebend an, kam aber schließlich mit. In der Weinstube fanden sie einen Vierertisch. Ferraghani und Sanda setzten sich auf die Bank, Frau Direktor und Frau Professor auf die Stühle gegenüber. Sanda sah direkt in Zentas helle Augen mit den winzigen Pupillen.

»Können Sie Persisch?« eröffnete die Direktorin die Unterhaltung im leichten Konversationston.

»Leider nein«, erwiderte Sanda höflich.

»Sie studieren noch?«

»Ja, wir studieren noch.«

»Und was, wenn ich fragen darf?«

Sanda erklärte in groben Zügen Art und Umfang ihrer Arbeit.

»Nun, das dauert sicher noch länger«, entschied Frau Direktor zusammenfassend. »Die Frau Professor hier hat ihre berufliche Feuertaufe schon hinter sich. Nicht wahr, Frau Professor?«

Zenta nickte strahlend.

»Haben Sie...« bohrte Frau Direktor weiter, »Herrn Ferraghani Ihren Eltern schon vorgestellt?«

»Nein, noch nicht.«

»Wären Sie bereit, Mohammedanerin zu werden?«

»Auf keinen Fall«, rief Sanda. »Um so weniger, als Herr Ferraghani selbst auch nicht religiös ist.«

»Ja, haben Sie denn überhaupt ernste Absichten auf den jungen Mann?« fragte Frau Direktor spitz.

»Hab ich *was* auf den jungen Mann?« platzte Sanda heraus, die glaubte, nicht recht gehört zu haben. »Wo leben wir denn? Ist dies ein Verhör? Ich dachte, wir wären freie Menschen! Tut mir leid – auf diesem Niveau kann ich nicht mit Ihnen diskutieren.«

Frau Direktor und Frau Professor tauschten einen Blick. Sie haben völlig recht, meine Liebe! hieß die Botschaft.

»Was verbindet Sie überhaupt miteinander?« fragte das ältliche Monstrum, und Sanda rief: »Alles! Jeder Quadratzentimeter Haut! Jede Nacht versinken wir in die tiefste Zweieinigkeit, die man sich vorstellen kann! Wir sind ein Fleisch, wie es in der Bibel heißt, aber vielleicht ist Ihnen gar nicht bekannt, daß Herr Ferraghani schon vor geraumer Zeit, schon bevor wir uns überhaupt kennengelernt haben, sich von der Frau Professor getrennt hat und sie neulich in meinem Beisein aus der Wohnung werfen mußte, um sich ihrer Zudringlichkeit zu erwehren?«

Die Direktorin war so bestürzt, daß sie sich an ihrem Tee verschluckte.

»Ist das wahr?« fragte sie ihre Nebensitzerin konsterniert. »Das haben Sie mir nicht erzählt.«

»Natürlich hat sie das nicht erzählt! Sie gaukelt Ihnen eine Beziehung vor, die nicht mehr existiert, und Sie sind kritiklos darauf hereingefallen.«

»Ist das wahr?« fragte sie noch einmal und wandte sich diesmal an Ferraghani. Nach einigem Zögern sagte er ja.

»Cyrus ist mein Mann!« rief Zenta aufgeregt. »Ich habe so viel mit ihm in der Wohnung gemacht! Die Fenster gestrichen, das Bett gebaut, die Küche eingerichtet! Es ist viel mehr meine Wohnung als die, in der ich selber wohne... Wir kennen uns seit hundertzweiunddreißig Wochen, und diese da höchstens seit zweiunddreißig...«

»Aber...«, wandte die Direktorin ein.

»Schauen Sie ihn doch an!« fuhr Zenta anklagend fort. »Er ist fertig! Sie ruiniert ihn! Sie meint es nicht ernst! Er braucht Ruhe, Ruhe und nochmals Ruhe!«

Die Direktorin winkte dem Kellner und rief: »Zahlen!« Dann stand sie auf und verabschiedete sich kühl. »Kommen Sie«, sagte sie zu Zenta. »Ich nehme nicht an, daß Sie hier noch länger bleiben wollen.«

Bedrückt schlichen Ferraghani und Sanda nach Hause.

»Du hast mich ja schön verteidigt!« klagte Sanda und ließ sich aufs Bett fallen. »Frau Direktor! Wie kommt sie dazu, junge Frauen in den Harem zu predigen? Ist sie nicht ganz richtig im Kopf?«

»Und du?« fragte er aufgebracht. »Was tust du? Du korrespondierst mit ihr! Hinter meinem Rükken.«

Er zog die oberste Kommodenschublade auf und warf ihr die beiden Briefe in den Schoß, die sie an Zenta geschrieben hatte.

Ein kalter Schrecken durchzuckte sie.

»Wo hast du die her?«

»Das ist wohl nicht schwer zu erraten«, sagte Ferraghani düster.

Die folgende Diskussion war bitter. Sie verwandelten sich in zwei Enttäuschte, beide mit einem Kummer, den sie nicht teilen konnten.

»Hör mal«, sagte Sanda erregt, »wie kam Zenta überhaupt dazu, uns zu stören? Warum hast du sie nicht sofort rausgeworfen?«

»Und warum hast du sie nicht weggeschickt? Du kanntest sie doch gar nicht, sie kannte dich nicht – was um Himmels willen hat dich veranlaßt, etwas mit ihr anzuspinnen?«

»Mitleid«, sagte Sanda. »Sie hat einen sehr starken Willen.«

»Du doch auch?« fragte Ferraghani.

»Jedenfalls hat sie mir gleich das Ehrenwort abgenommen! Das mußte ich halten.«

»Und dann mich belügen«, sagte er. »Damals, vor dem Thonet-Haus.«

»Natürlich, das war die logische Folge.«

»Weißt du überhaupt, was du getan hast? Du schenkst einer fremden Person, die du gar nicht kennst, leichter deine absolute Loyalität als mir?«

Ferraghani war fassungslos. Auch darüber, daß Sanda nicht verstand, wovon er sprach.

»Sie war keine wildfremde Person!« verteidigte sie sich. »Sie war deine Freundin! Glaubst du, ich hätte das Ehrenwort gern gehalten? Glaubst du, ich hätte nicht lieber mit dir gesprochen?«

Endlich fiel ihr ein, was sie am meisten kränkte.

»Und sie hat es gebrochen! Das mit dem Ehrenwort war ihre Idee! Das findest du wohl nicht so schlimm? Daß sie lügt und manipuliert und ihr Ehrenwort bricht?«

Ferraghani schwieg eine Weile.

»Nein«, sagte er schließlich.

»Ah!« rief Sanda. »Wenn es zu deinen Gunsten ist, darf es geschehen!«

Diese Behandlung erschien ihr zutiefst ungerecht.

»Das Schlimmste«, sagte Ferraghani, »ist nicht, daß ihr miteinander korrespondiert habt. Auch nicht, daß du es mir verheimlicht hast. Sondern, daß in deinen Briefen nicht ein einziges Mal steht, daß du mich liebst.«

Sanda war perplex. Sie stand vom Bett auf und ging zum Fenster. Also, wenn er *das* nicht versteht! dachte sie und sah in den trüben Hof hinunter.

»Hätte ich vielleicht auch vor Frau Direktor meine innersten Gefühle ausbreiten sollen?« fragte sie kühl. »Wie käme ich dazu? Das würde ich niemals tun.«

»Warum nicht?«

»Weil ich so erzogen bin.«

»Was hat Erziehung mit Wahrheit zu tun?«

»Du etwa? Sprichst du deine Gefühle offen aus? Habe ich vorhin bei der Diskussion in der Weinstube irgend etwas überhört?«

»Wenn ich mir sicher wäre«, beharrte Ferraghani, »würde ich es aussprechen.«

»Also bist du es nicht?«

»Nein«, sagte Ferraghani. »Im Moment nicht.«

Sanda wußte nicht, ob sie lachen oder weinen sollte. Sie war reingefallen! Auf äußerst dämliche Art. Vielleicht, dachte sie, hatte Zenta nicht von Anfang an die Absicht gehabt, mich reinzulegen. Aber sie hätte nicht besser vorgehen können, wenn sie sie gehabt hätte. Diese Mischung aus Demut und Provokation! Diese Vorwürfe, die im selben Atemzug zurückgenommen wurden! Diese Liebes- und Loyalitätsschwüre! Von Anfang an waren ihre Briefe so geschrieben, daß Ferraghani sie lesen konnte. Und natürlich waren auch meine Briefe für die Weitergabe bestimmt, falls sie irgend etwas für mich Nachteiliges ergaben.

Sie ärgerte sich über ihre Kurzsichtigkeit. Und noch mehr darüber, daß ihre Harmlosigkeit und Blödheit von Ferraghani nicht gewürdigt wurden.

»Bitte«, sagte sie und gab ihm ihre Briefe zurück. »Behalte sie als Andenken.«

Er legte sie wieder in die oberste Schublade.

»Eines ist sicher«, sagte er. »Der Kontakt geht immer von dir aus. Auch heute wieder, in der Fußgängerzone! Ich wäre einfach nach Hause gegangen. Aber du … Als ob du bei ihr etwas suchtest.«

Als sie allein im Zimmer war, nahm sie das Orakelbuch und legte ein Blatt Papier daneben. Wenn ich es genau spiegelbildlich mache, müßte es doch klappen, dachte sie.

Sie schlug eine Tabelle auf. Dann begann sie von rechts nach links zu zählen. Die gefundenen Buchstaben malte sie ebenfalls von rechts nach links aufs Papier. Die fremden Schriftzeichen tanzten und stiegen auf und ab. Es sah eigenartig aus und sehr schön.

Beim Abendessen überreichte sie ihm beiläufig dieses Blatt.

Ferraghani verschluckte sich. »Seit wann kannst du Persisch?!« rief er.

»Oh, reden wir nicht davon«, sagte Sanda großzügig. »Ist meine Schrift gut?«

»Sehr«, sagte er. »Ich kann sie sogar lesen.«

»Ja, dann lies doch mal.«

Ferraghani las.

Sanda frohlockte. »Also ergibt es einen Sinn! Jetzt mußt du es mir nur noch übersetzen.«

Ferraghani ließ sie eine Weile zappeln. Dann sagte er: »Hier steht: Die Alchimie der Liebe wird den Bleistaub des Körpers in Gold verwandeln.«

Sie dachten intensiv über diesen Spruch nach. Jeder für sich. Sanda glaubte, Zentas Anwesenheit fast körperlich zu spüren.

»Also, ich sehe nur eine mögliche Auslegung«, sagte Ferraghani schließlich und erhob sich.

»Welche?«

Sie ließen das Essen stehen. Sie begannen, den Spruch zu interpretieren. Die Felldecke wand sich und glänzte und lebte wie ein Tier.

Im Liechtensteinschen Garten

Der Liechtensteinsche Garten liegt als langgezogener Keil im Häusermeer des neunten Bezirks.

Vorn an der schmalen Seite ein Triumphbogen. Die kurze Auffahrt führt zum Sommerpalast des Domenico Martinelli – hier sind die Sammlungen moderner Kunst untergebracht –, dahinter der öffentliche Teil des Parks. Aus den Fenstern des Museums sieht man über die verwunschene Anlage bis zum Weiher mit der Venusinsel. Durch die Büsche dahinter schimmert der gepflegte Rasen des privaten Teils. In der Ferne, eingerahmt von mächtigen Bäumen wie ein Bühnenbild, steht ein zweites Schloß – das eigentliche Palais Liechtenstein, monumental noch in der Verkleinerung, dunstverschleiert, mit einer hohen Wölbung über dem Eingang.

Sanda war immer gern im Garten hinter dem Museum spazierengegangen. Später, in Venedig, hatte ihr eine Novelle von Ferdinand von Saar den

Platz so lebhaft vor Augen gerückt, daß sie ihn unbedingt wiedersehen wollte. Sie schlenderte mit Ferraghani die schmale Liechtensteinstraße hinunter und erzählte. Saars Geschichte gab dem Leser ein Rätsel auf.

Ein Mensch in jenen Jahren, da man ans Heiraten denkt, verliebt sich in ein schönes, sanftes Mädchen, er sieht sie jeden Sonntag in der Kirche, und sie sieht ihn. Ihr ganzes Wesen, ihre Art, ihre Schüchternheit sagen ihm so zu, daß er den Entschluß faßt: Ich schreibe ihr, ich spreche mit ihr – fühlt sie wie ich, nehme ich sie zur Frau. Brieflich bittet er sie um ein Treffen ohne Zeugen und wartet sehnlichst auf Antwort. Sie hatten miteinander noch kein einziges Wort gewechselt. Der Schritt war kühn, aber die Antwort kam. Das Mädchen bestellte ihn brieflich in den Liechtensteinschen Garten, der schon vor hundert Jahren ein Ort öffentlicher Geborgenheit gewesen war. Auch damals befand sich im Sommerpalast eine allgemein zugängliche Galerie – mit Gemälden von Rembrandt, Rubens und Tizian –, und auch damals konnte man im Park spazierengehen, auf Bänken sitzen und unbelauscht Gespräche führen. Sie bestellte ihn auf die Mittagszeit, zwei Uhr.

Der Mensch ist überglücklich. Er verträumt die Zeit bis zum Rendezvous. Die Wahl des Parks erscheint ihm wie ein gutes Omen. Als Kind spielte er selbst an Sommertagen bei den Grotten, Felsen und Wasserläufen und sah den Liebespaaren zu, die um die Mittagszeit, wenn der Garten am wenigsten besucht war, dort lustwandelten. Wartend geht er alle Plätze wieder ab, ungeduldig, bis endlich, endlich das Mädchen kommt.

Es fehlt nur wenig, und die jungen Leute sinken sich in die Arme. Sehr wenig und doch sehr viel. Das Mädchen beginnt die Unterhaltung im falschen Ton. Was er mit seinem Brief beabsichtigt habe? Ein leichtes Zittern in ihrer Stimme ist unverkennbar, aber ihre Augen schauen ernst und finster. Der junge Mann ist sprachlos. Scharf und schneidend kommen ihm ihre Sätze vor, er wiederholt ihre Frage und stottert schließlich: »Nun, wenn Sie das nicht fühlen…« Eine Pause entsteht. Das Mädchen, scheinbar verletzt, wirft den Kopf in den Nacken: »Ich fühle gar nichts«, ein verächtlicher Blick, der junge Mann kühlt ab. Seine Replik wird sarkastisch, ironisch, geschliffen und boshaft, er faßt sich, das Mädchen erschrickt. In wenigen Minuten ruinieren die beiden mit Worten und Sätzen ihre Vergangenheit, Gegenwart, Zukunft, alles – und stürzen schmerzgequält und haßerfüllt auseinander. Für den Rest ihres Lebens. Unwiderruflich.

War der Ablauf ihrer Begegnung vorherbestimmt? Dies beschäftigte Sanda einigermaßen. Mußten sich die beiden mißverstehen, weil sie sich ein Leben lang mißverstanden hätten? Oder war es nur ein dummer Zufall? Pech, eine Laune des Schicksals, daher ewig schade? Beide Liebenden führten anschließend fern voneinander ein unglückliches Leben. Bei einem zufälligen Treffen viele Jahre später in einem Treppenhaus gestehen sie sich's ein – zu spät.

Ferraghani dachte über die Frage nach, die Sanda ihm vorgelegt hatte. »Also«, sagte er schließlich, »das Schicksal liegt in einer Sekunde beschlossen wie in einer Nußschale. Nur welches? Erste Version: Sie passen zusammen, aber leider verpatzen sie es durch ihren Streit. Zweite Version: Sie passen *nicht* zusammen, glücklicherweise verpatzen sie es durch ihren Streit – sie machen es also intuitiv richtig. Das meinst du doch?«

»Ja«, sagte Sanda dankbar.

»Was wäre dir lieber?«

»Das zweite«, sagte sie ohne Zögern. »Das erste ist so grausam. Wenn man selbst schuld ist.«

»Ich sehe es eigentlich anders«, sagte Ferraghani. »In meinen Augen war der Ausgang offen. Wirklich offen, verstehst du? *Sie hätten passen können.* Aber die mangelnde Kenntnis des anderen spielte ihnen einen Streich. Wie kann man Vertrauen haben zu einem Fremden? Genaugenommen steckt in der Vorbereitung sogar ein Dilemma. Ein echtes, nicht nur so ein Gregorsches Paradox.«

»Welches?« fragte Sanda neugierig.

»Er bestellt sie heimlich und ohne Zeugen zum Rendezvous? Damit wäre sie nach unseren Begriffen entehrt.«

»Nach unseren auch«, sagte Sanda. »Von vor hundert Jahren.«

»Das Mädchen mußte also das Kunststück fertigbringen, gleichzeitig zu erscheinen *und* Anstand zu beweisen. Das ging gar nicht. Er hätte ihr dies ersparen müssen. Andrerseits – wenn er den Antrag *vorher* gemacht hätte, wie hätte er sie jemals kennenlernen sollen, wie sie wirklich ist?«

»Das konnte er *so* doch auch nicht?« fragte Sanda und grübelte eine Weile darüber nach.

Ferraghani lachte.

»Bei uns zu Hause ist dieses Dilemma noch recht häufig«, sagte er und schüttelte sich ein wenig. »Noch immer werden Ehen arrangiert. Nur das nicht!«

Sie durchschritten den Triumphbogen. Der klassisch wirkende Bau von Martinelli lag wie ein Riegel vor ihnen und versperrte den Park. Es gab nur zwei Möglichkeiten, dorthin zu gelangen, entweder durch das Gebäude hindurch oder an der rechten Palastecke vorbei, auf einem schmalen Weg, den man kaum sah.

»Der Mann«, sagte Sanda, »erwartete das Mädchen hier vorn an der Auffahrt. Er saß auf einer Bank – vielleicht auf dieser hier? –, wo er alle Eintretenden im Auge hatte. Jede Viertelstunde hörte er die Turmuhr schlagen. Endlich sieht er einen weißen Sonnenschirm unter dem Triumphbogen auftauchen, nein, zwei! Die Schwester ist als Anstandsdame mitgekommen. Er erschrickt. Er wollte doch zuerst alleine… Aber da, Gott sei Dank, der zweite Schirm biegt ab und schwebt wieder zurück. Er erhebt sich, sie geht ihm entgegen… Den Rest kennst du.«

»Sie kamen also nicht mal bis zum Park«, stellte Ferraghani fest.

»Sie setzten sich nicht mal hin! Sie handelten alles im Stehen ab.«

Sie schlugen den Seitenweg am Gebäude ein.

»Jetzt bin ich aber neugierig«, sagte Ferraghani. »Dieser Weiher, diese Grotten und Felsen, existieren sie noch?«

»Natürlich«, sagte Sanda. »Ein kleines Paradies. Und die Insel voller Rhododendron. Mit einer Venus, die sich träumerisch über Cupido…«

Das Wort blieb ihr im Hals stecken. Auch Ferraghani prallte zurück. Hinter dem Palast bot sich ein häßlicher Anblick. Etwas, das möglicherweise ein Park gewesen war, bevor man es zum Neubaugebiet erklärt hatte. Abgesägte Baumstämme, Styroporbrocken, Isolierwolle lagen bis hinunter zum Teich verstreut. Ungefähr ein Dutzend Einfamilienhäuser standen triumphierend auf kleinen Erdhügeln, mit schlammigen Zufahrtswegen, kahlen Terrassen, Balkonen, Veranden und provisorischen Zäunen.

»Das ist ja furchtbar!« rief Sanda.

»Das ist das österreichische Fertighaus«, sagte Ferraghani und trat an das Schild heran. »Eine Mustersiedlung.«

»In meinen Augen ist das Mord«, rief Sanda entgeistert. »So zerstört man Träume.«

Ferraghani warf interessierte Blicke auf die nächststehenden Häuser. Er hatte eine Art, alles nicht so schlimm zu finden, ein stilles, heimliches Lächeln.

»Und baut neue auf«, sagte er.

Das Orakel

Ich brauche doch gar nicht Persisch zu lernen, dachte Sanda eines Tages, wenn ich das Orakel konsultieren will!

Die Tabellen ließen sich genausogut mit deutschen Buchstaben bestücken. Hafis war vollständig und im Lauf der Jahrhunderte mehrfach übersetzt worden. Alles, was sie tun mußte, war, geeignete Verse auszusuchen, deren Buchstaben durchzuzählen und für jede Tafel vier Verse von gleicher Länge zu finden.

Als sie Ferraghani von ihrem Plan erzählte, das Orakel ins Deutsche zu übertragen, war er überrascht und freute sich sehr. »Ich wußte ja gar nicht«, sagte er, »daß er bei euch so bekannt war!« Ob sie Hilfe brauche? Ob er das Vorwort seines Orakelbuchs übersetzen solle? – Wenn sie telefonierten, fragten sie sich gegenseitig: Wie geht es ihm? Was macht das Orakel? Als wäre es ihr gemeinsames Kind.

Sanda war entzückt. In wenigen Wochen stellte

sie einundvierzig Tabellen zusammen, die sie mit Tusche auf kariertes Rechenpapier übertrug. Mit dieser Arbeit kam sie gut voran. Im Gegensatz zu ihren Studien über Ricci, Bellucci, Bellotto und Bencovich. Und was das Beste war: Das Orakel funktionierte! Sie hatte bis zum Schluß nicht recht daran geglaubt.

»Im Fischmond des vorvergangenen Jahres war ich bei Herrn Hedayat zu Gast«, schrieb Ferraghani in seinem nächsten Brief, und Sanda war so in Gedanken, daß sie zunächst nicht merkte, daß es schon die Übersetzung war.

»Wir sprachen über Hafis, und der alte Kanzler erzählte mir folgende Geschichte: Am Hof des Fath-Ali-Schah wurde eines Abends ein kostbarer Diamantring vermißt. Anwesend waren nur der Schah, einige seiner Kinder und Diener. Als der Schah vom Verschwinden des Rings erfuhr, befahl er, niemand dürfe den Raum verlassen. Dann ließ er einen Hafis bringen und schlug das folgende Ghasel auf: ›Obwohl alle Süßen Könige sind, sei er der Salomon der Zeit und hat den Ring.‹«

»Die ›Süßen‹«, hatte Ferraghani am Rand notiert, »sind wörtlich übersetzt ›süße Münder‹, also Leute, deren Worte angenehm sind, etwa Dichter. Aber ›Die Süßen‹ bedeutet auch Kinder, deren Worte ja ebenfalls witzig und angenehm sind.«

»Zufällig hieß einer der anwesenden Schahsöhne Salomon mit Namen. Es war sein vierunddreißigstes Kind, die Mutter stammte aus der Familie Sadr aus Isfahan. Der Schah rief ihn zu sich. Und Salomon, der zehnjährige Junge, griff in die Tasche, holte den vermißten Ring heraus und gab ihn seinem Vater…«

So weit sei er gekommen, schrieb Ferraghani. Den Rest des Vorworts schicke er ein andermal. Es sei darin von »Zufallsgerechtigkeit« die Rede. Es wären noch mehr Geschichten eingestreut. Ob er sie alle übersetzen solle? Ob sie demnächst mal alles zusammen durchschauen könnten?

Weihnachten kam und brachte stille Tage in Ferraghanis Wohnung. Der Wind trieb glitzernde Flocken in die Stadt. Sie bekamen eine Einladung bei einem finnisch-persischen Paar, das Sanda noch nicht kannte, sie lebhaft und übersprudelnd, er mediterran und friedlich aussehend. Die beiden waren seit einem halben Jahr verheiratet und konnten sich nur auf deutsch verständigen, weil, wie sie kichernd schon im Flur erzählten, ihm Finnisch böhmisch und ihr Persisch spanisch vorkam. Bei Weihnachtsgans und chilenischer Musik verbrachten Sanda und Ferraghani einen ausgesprochen angenehmen Abend, und Ferraghani sagte am nächsten Morgen beim Aufwachen unvermittelt: »Siehst du? Es geht doch.«

»*Was* geht?«

»Das finnisch-persische Paar! Sie harmonieren sehr gut. Es ist nicht so, daß Europäer und Orientalen nicht zusammenpassen.«

»Du meinst, es geht grundsätzlich?«

»Ja, genau.«

Sanda schwieg.

An Silvester machten sie einen Spaziergang in die Innenstadt. Nachdem sie das Parlament umrundet hatten, kam ihnen ein scharfer Wind entgegen. Er fegte über den Ring und fand keinen Widerstand. Sie wechselten die Straßenseite. In der Ferne sahen sie den riesigen dunklen Weihnachtsbaum vor dem Rathaus stehen. Der Wind zauste die Zweige mit den elektrischen Kerzen. Die Menschen hasteten aneinander vorbei und stießen kleine Wolken aus, ihr Atem legte sich als körniger Schleier über die Mauern.

Ferraghani und Sanda steuerten auf den Windfang des Café Landtmann zu, gaben die Mäntel an der Garderobe ab und suchten einen Fensterplatz.

Dort saßen sie, nur durch eine Glasscheibe von der klirrenden Kälte getrennt, und studierten die Pelzmützen der Wienerinnen und Wiener bis in die einzelnen Haarspitzen. Sanda sagte, an solchen Tagen sei die Stadt wie die mit Fell überzogene Kaffeetasse der Meret Oppenheim. Sie fühlte sich behaglich. Sie bestellten Grießknödelsuppe, Topfenpalatschinken, Campari, Tee mit Zitrone, alles durcheinander.

»Und dein Stipendium?« fragte Ferraghani plötzlich. »Ist es noch mal verlängert worden?«

»Ja«, sagte Sanda. »Gott sei Dank haben sie mir noch mal sechs Monate bewilligt! Bis Ende kommenden Jahres.«

»Für Venedig?«

»Natürlich. Ich werde es brauchen.«

Ferraghani war enttäuscht. »Ich dachte, du würdest im Frühjahr wieder nach Wien kommen«, sagte er. »Du hast wohl gar nicht nachgefragt?«

Sanda schüttelte den Kopf. »Ich muß den venezianischen Teil abschließen. Davon rücken die nicht ab.«

»Willst du denn gar nicht mehr zurück?«

»Doch! Aber ich weiß, wann etwas aussichtslos ist.«

»So?« fragte Ferraghani. »Wirklich?«

Nachmittags bekamen sie Streit. Ferraghani benahm sich wie ein kleiner Junge. Er schwieg hartnäckig, und als sie es ihm vorhielt, sagte er: »Es enttäuscht mich eben, daß in dieser Frage mehr dein Kopf spricht als dein Herz.«

Sanda zuckte zusammen. Kopf und Herz? Ferraghani benutzte doch sonst nicht solche Phrasen?

»Kann man das trennen?« fragte sie vorsichtig. »Das ist doch eigentlich – nur ein Klischee...«

»Ich kann es auch anders ausdrücken«, sagte Ferraghani ungerührt. »Ich bin enttäuscht, daß dir deine Arbeit soviel wichtiger ist als ich.«

Sanda holte tief Luft.

Er ließ sie nicht zu Wort kommen.

»Wir kennen uns seit anderthalb Jahren«, sagte er. »Davon haben wir uns vielleicht drei Monate gesehen! Versteh mich bitte nicht falsch. Ich akzeptiere, daß dir deine Arbeit sehr wichtig ist. Meine ist es mir auch. Aber man muß doch wissen, was an erster Stelle steht! Und bei dir habe ich den Eindruck, daß du einer festen Freundschaft immer ausweichst.«

»Das ist gemein«, rief Sanda. »Wenn du wüßtest, wieviel mir unsere Beziehung bedeutet!«

Ich rede auch schon so, dachte sie.

»Weil du dich manchmal nach einer Beziehung sehnst? Aber pflegen willst du sie nicht.«

»Wieso denn *pflegen*!« rief Sanda. »Sie ist doch keine Patientin!«

»Du weichst aus«, sagte Ferraghani ruhig.

»Sag mir dann, was du mir vorwirfst«, beharrte Sanda. »Daß ich in Venedig sein muß? Erst wenn diese Arbeit fertig ist, kann ich nach Wien zurückkommen. Leider wird sie niemals fertig, wenn ich vorher so oft nach Wien fahre! Das ist *unser* Dilemma!«

»Nein«, sagte Ferraghani. »Es ist etwas anderes, was mich stört.«

»Und was, bitte?«

»Deine Gleichgültigkeit.«

Sanda fiel aus allen Wolken. »Gleichgültigkeit?« rief sie.

Ferraghani hielt ein indisches Briefkärtchen hoch – rot mit goldenem Blumenmuster –, auf dem sie irgendwann in der Eile etwas gekritzelt hatte.

»Nur ›Je t'aime, je t'aime‹ schreiben ist zu wenig!« sagte er vorwurfsvoll.

»Und du?« beschwerte sich Sanda. »In deinen Briefen steht auch nichts über dich selbst! Daß es elf Uhr ist und du Tee trinkst, ja! Daß du auf dem Weg zur Hochschule naß geworden bist, ja! Daß du bei einem griechisch-persischen Paar eingeladen warst und die Frau sehr gut gekocht hat! Davon werde ich auch nicht satt!«

»Ich glaube, wir sind uns sehr ähnlich«, sagte Ferraghani plötzlich. »Und so verschieden.«

In ihrer Verzweiflung wandten sie sich an Hafis. Hafis, der immer recht behielt. Zum ersten Mal benutzten sie die deutsche Fassung. Sanda war aufgeregt wie bei einer Premiere. Es kann ja nur Gutes dabei herauskommen, dachte sie, ich hab es schließlich selbst gemacht. Sie hoffte auf etwas Eindeutiges, woran sie sich bei der bevorstehenden Abreise festhalten konnte.

Aber das Orakel war ein ironisches altes Biest.

»Die Tür der Wahl steht mir und dir nicht offen«, hieß der Spruch.

Sanda und Ferraghani sahen sich an.

Die Tür der Wahl steht mir und dir nicht offen? Was sollte das wieder heißen?

Mit einem unguten Gefühl fuhr Sanda nach Neujahr wieder ab. Schlechte Karten, dachte sie kopfschüttelnd. Sie hatte nicht den Eindruck, etwas für sie Günstiges erreicht zu haben.

Abwicklung von Wahn

Unzufrieden kehrte sie nach Venedig zurück. Nichts freute sie mehr. Die ganze verschnörkelte und verzierte Stadt war ihr verleidet. »Die Tür der Wahl steht mir und dir nicht offen.« Was war das für ein Zustand, in dem man die Wahl nicht hatte? Die Wahl, sich zu wählen? Die Wahl, ja oder nein zu sagen? Wahn, dachte Sanda. Der Köder, mit dem die Natur Narren aus uns macht. Kranke und Besessene. Ein seidenes Gespinst. Die Tyrannei des Schimmers.

Wie eine Rasende ging sie daran, den Faden abzuwickeln. Alles glänzte und schimmerte. Ferraghanis Gesicht, seine Haut, seine Haare. Der Seidenghom an der Wand, die Felldecke auf dem Bett, selbst die Lackfarben an Türen und Fenstern – die Zenta gestrichen hatte. Woher kannte sie diese Glanzherrschaft? Sie brauchte nicht lange zu suchen. Ihr Vater kam ihr in den Sinn, sein ruhiges Lächeln, das Funkeln seiner Brille, sein Ring. Um ihren Vater derselbe Kokon. Sie wollte schon damals in das Gespinst hinein. Sich einwickeln in Schimmer und Glanz und Schönheit, das Schöne als schön empfinden, war dies nicht eine besondere Fähigkeit, ein schöpferischer Akt?

Ihr Vater war zärtlich, mit einem Hauch von Kühle. Er wurde verlegen, wenn man sich ihm näherte. Eine winzige Unruhe begann in ihm zu pulsieren, wenn er unter Menschen ging. Offenbar machte ihn der Gedanke nervös, daß man ihn begehren könnte, dagegen mußte er sich schützen. So kam es, daß dieser in ihren Augen vor Schönheit leuchtende Mann sich mit einer Atmosphäre der Kühle umgab. Unberührbar. Sie glaubte immer, daß unter der Kühle ein dunkles Feuer glühte. Eines Tages begann der einsame Kampf. Der Vater ist der Mann, den man liebt, es gibt keinen andern, keinen besseren. Alle Knaben der Umgebung sind Spottgeburten.

Sie erinnerte sich an den heißen Dachboden. Dort saß sie vor einer Luke und übersah die Häuser, die kreuz und quer in den Gärten standen. Ebenso viele einsame Familien, mit blassen, gewalttätigen, ungelenken Burschen. Sie wünschte sich fort in ein Land, in dem man Prinzen fabrizierte, wo Prinzen an der Tagesordnung waren, in Kutschen herumfuhren und schön und begehrenswert und leidenschaftlich waren.

Ferraghani war dieser Prinz. Aber sie wußte so wenig von ihm. War er zärtlich, liebevoll, zugewandt, energisch, eindeutig und offen? Kameradschaftlich, unterstützend, souverän und salomonisch? Das Salomonische vermißte sie am meisten, und sie ahnte ungefähr, warum.

Sie sah die Szene wieder vor sich. Wie eine zornige Hera hatte Zenta die Wohnung erstürmt und gerufen: Ferraghani gehört mir! Da standen sie nun, zwei Mütter, aber nur ein Kind; zwei Geliebte, aber nur ein Mann. Und wenn Sanda eines ganz sicher wußte, dann dies: Die wahre Mutter hatte ihr Kind in dem Augenblick losgelassen, als die Zerteilung anstand. Sie hatte sich zurückgezogen, es lieber einer anderen überlassen – um nicht die Reste eines halben Kindes in Empfang zu nehmen, ein Fragment, eine Hülse, einen leeren Schein. So verstand sie ihr Verhalten damals in Ferraghanis Wohnung, als sie während Zentas Überfall weggegangen war. Aber Ferraghani hatte ihren Schritt vielleicht ganz anders aufgefaßt? Daß er ihr gleichgültig war? Daß sie der andern kampflos das Feld überließ? Und Zenta hatte offenbar ihrerseits daraus den Schluß gezogen, daß Sanda »im Grunde zweifelte«.

Die Spindel drehte sich und wirbelte. Irgendwo in Wien saß Ferraghani und hatte vielleicht dieselben Gedanken. Vielleicht spulte er seinen Seidenfaden genauso weit zurück – und siehe, war er es nicht, der geliebt werden wollte, genau wie sie selbst? Wie ein Kind von seinen Eltern, bedingungslos, ekstatisch? War er es nicht, der von ihr erwartete, daß sie die Sache entschied, daß sie bei ihm blieb und Zentas Attacke abwehrte? Warum verriet sie ihn? Bestrafte sie ihn im entscheidenden Moment durch Verlassen?

Meter um Meter fiel der seidene Faden ab. Das ganze Leben schrumpfte auf einen einzigen Punkt zusammen. Du sollst mich lieben, sollst dich mir ergeben, Vater und Mutter für mich sein. Tust du es nicht, entziehe ich dir meine Liebe, meinen Anblick, meine Stimme, sogar meine Wahrnehmung. Darunter litt man selbst am meisten. Denn es war ja nicht das unartige Kind, es war der Erwachsene, der Vollkommene, der Abgott, den man auf diese Weise erziehen wollte. Als ob man eine bestimmte Geschichte wiederholte. Nur unter umgekehrten Vorzeichen.

Ein fahles Licht beleuchtete plötzlich ein Bild, das ihr merkwürdig vorkam. Ferraghani und sie saßen auf dem Fußboden, wie damals, bei den nationalen Abenden. Zwischen ihnen lief ein verdeckter Kampf. Sie ärgerte ihn, er tippte ihr gegen die Schulter. Sie wurden beide immer jünger, bis sie zum Schluß hilflos wie Kinder aufeinander einschlugen.

Der Faden sauste und flog. Als Zenta das Liebesnest erstürmte, war Sanda sich nicht vorgekommen wie die legitime Gefährtin, sondern wie eine der sterblichen Geliebten des Zeus, von der eifersüchtigen Hera bis ans Ende der Welt verfolgt. Warum? Wer legte solche Rollen fest? Warum nahm sie diese Rolle an?

Wenn Sanda aus ihren Träumen erwachte, überfiel sie die Sehnsucht um so heftiger. Ferraghanis Abwesenheit quälte sie endlos. Wenn sie ins Café ging, hoffte sie, der Menschenurwald werde sich teilen und sein Gesicht freigeben. Daß er unter all den Touristen einfach auf sie zukäme und sie erlöste.

Wenn sie in ihre Wohnung zurückkehrte, warf sie sich auf die Diwandecke. Ein orientalisches Prunkstück. Es gehörte zum Inventar der Stipendiatenwohnung, innen gefüttert, oben mit eingenähten Spiegeln verziert. Sie strich mit den Händen darüber und starrte Löcher in die Luft. Im Vergleich zu Ferraghanis Felldecke erschien sie ihr grell und abweisend, pockennarbig wie die geschmückte Haut eines trauernden Tieres.

Sie versuchte, wieder zu arbeiten. Es ging nicht.

Wie ein Automat schleppte sie sich durch Kirchen und Museen. Ricci, Bellucci, Pellegrini und Bellotto interessierten sie nicht für fünf Pfennige. Die Karten legte sie sich in dieser Zeit häufig. Was trieb Zenta dort in Wien? Und Ferraghani? War Verliebtheit nur ein Spiel? Hatte sie gehofft, ihren Lebensplan nicht zu gefährden? Dann war inzwischen das Gegenteil eingetreten: Er wurde von ihren Gefühlen unterminiert. Ließen sie sich überhaupt noch beherrschen? Oder machten sie mit ihr, was sie wollten?

»Ich werde dir jetzt schreiben, wie es sich in Wahrheit mit uns verhält«, begann sie ihren Brief. »Seit ich dich zum ersten Mal gesehen habe, war ich auf eine Weise verliebt, die mir selbst am meisten angst machte. Anfangs hatte ich den Impuls, dich zu bekämpfen, meine Gefühle zu unterdrücken. Warum das so ist, weiß ich nicht. Noch nie hat dieses Romeo-und-Julia-Gefühl so zugeschlagen. Gleichgültigkeit ist entschieden das falsche Wort. Es kränkt mich tief. Es gibt Menschen, die wirken äußerlich ruhig und stehen innerlich in Flammen. Natürlich soll man seine wahren Gefühle zeigen. Nur – wie kann man es, wenn sie aus einer so sonderbaren Mischung von ›ich will‹ und ›ich will nicht‹ bestehen?

Gerade als ich dachte, unsere Beziehung könnte diese Hindernisse überwinden, kam Zenta hereingeschneit. Vielleicht hätten wir, du und ich, niemals Vertrauen und Sicherheit gewonnen, hätte es nie mit uns geklappt – aber ich fand es unwürdig, mit meiner Liebe plötzlich etwas beweisen zu sollen. Daß sie besser oder stärker sei als eine andere oder genausogroß und selbstlos und rührend. Der Gedanke daran war tödlich. Eine Trennung würde mir trotzdem sehr schwer fallen. Wir haben uns gegenseitig so tief in die Haut gebrannt, daß ich mir die Trennung vorstelle wie eine Enttätowierung… Unendlich schmerzhaft.«

Komisch, dachte sie, als sie diesen Satz niederschrieb. Wo hab ich das schon mal gehört? Hatte Zenta nicht ähnlich geklagt? Benehme ich mich schon wie sie?

»An gebrochenem Herzen«, fuhr sie fort, »wird keiner von uns sterben. *On n'a plus vingt ans!* Wir sind keine zwanzig mehr. Wir leben weiter.«

Sie schickte den Brief ab und wurde krank. Irgendein banaler Infekt, der sich ausbreitete und keinen Widerstand fand. Sie sank in einen dreitägigen Schlaf, fiel tiefer und tiefer und rührte an etwas, das ihr einen so heillosen Schrecken einjagte, daß sie alle Kräfte mobilisierte, Licht machte und ihr klopfendes Herz beruhigte, bevor sie wieder einschlief. Sie fiel in tiefe Tiefen und begegnete dort der fünfzehnjährigen englischen Schülerin Yvonne Bond, über die Ferraghani ihr einmal einen Zeitungsausschnitt geschickt hatte. Nachdem ihr Freund sich von ihr getrennt hatte, hieß es in der Meldung, fiel Yvonne in tiefe Bewußtlosigkeit und starb vierundzwanzig Stunden später. Der Pathologe Dr. James Briggs stellte fest, Yvonnes akutes Herzversagen sei durch eine »heftige Gefühlsaufwallung« verursacht worden. Ferraghani hatte damals mit Rotstift triumphierend an den Rand geschrieben: »Siehst du? Es gibt noch starke Gefühle, auch wenn du es nicht glaubst!«

Nach ein paar Tagen ging es ihr wieder besser. Die Leute von der Locanda schickten Essen herauf, nachdem sie dort angerufen hatte, und kümmerten sich um sie. Nach zehn Tagen lag ein Brief von Ferraghani im Kasten. Sanda las ihn verwundert. Es war der erste vernünftige Brief in ihrer ganzen Beziehung. Irgendwann hatten sie von ihrem Kampf Abschied genommen. Und schon dehnte sich die Zärtlichkeit, die sie füreinander empfanden, aus und erfaßte den anderen, einen großen Teil seiner Welt.

»Ich werde mit Sicherheit hierbleiben«, sagte Sanda, als sie zum ersten Mal offen über ihre Pläne sprachen.

»Ich auch«, antwortete Ferraghani. »Aber wenn ich hier keine Arbeit finde? Dann werde ich doch nach Hause zurückkehren und dort anfangen. Vielleicht sollte ich Derwisch werden! Ich müßte mich nur mit Alchimie und Wahrsagen beschäftigen und nicht jeden Tag so früh aufstehen.«

Als sie sich im Frühjahr in Wien wiedersahen, regnete es die ganze Zeit. Die Donau hatte mit ihrem Hochwasser bei Tulln das Auland überschwemmt. Es stand in der Zeitung, die Ferraghani eines Morgens mit heraufbrachte.

»Wollen wir es uns anschauen?« schlug Sanda vor. »Mal raus hier aus der Wohnung.«

»Und nicht in ein Museum«, sagte er zustimmend.

Sie fuhren durch verregnetes Land.

»Ein paar Dörfer wurden schon evakuiert«, meinte Ferraghani und schaute angestrengt durch die von Regengüssen überflutete Windschutzscheibe. »Wenn nur die Sonne herauskäme.«

»Nein, es ist gut so«, rief Sanda. »Ich mag diese Tage, die wie Nacht aussehen. Dieses Grau in Grau. Es ist radikal überzeugend.«

»Wofür? Für deinen Seelenzustand?«

»Endzeitstimmung! Wie bei der Ölkrise. Leergefegte Straßen, ganz genau!«

Sie waren vor einer Art Deich angekommen. Die Straße endete, von Holzplanken abgesperrt. Kein Mensch war zu sehen. Bäume und Büsche bewegten sich stumm im Wind. Sie stiegen aus. Ferraghanis schwarzer Knirps ließ sich nicht öffnen. Er warf ihn ins Auto zurück.

Sie kletterten die Böschung hoch.

Und dort war sie. Die Donau reiste wie ein graues Meer. Lautlos eilten die Wassermassen dahin, eilig, nachlässig um Baumkronen und Scheunendächer ziehend, mit bewegten Strudeln und Wellen. Einzelne blanke Stellen unter einem Wolkenloch. Das Tal war erfüllt von diesem ziehenden Meer. Es bewegte sich schnell und lautlos, zum Staunen schön. Sie standen wie die ersten Menschen und ließen die Schöpfung an sich vorüberziehen, bis sie ganz leer wurden. Sie sahen sich nicht an und sahen die ganze Geschichte, ihre Schönheit und ihre Vergeblichkeit. Den zärtlich geliebten Fremden. Stetig zog das Wasser an ihnen vorüber wie eine große Liebkosung.

Arabia

Ein paar Jahre nach der persischen Revolution hütete Sanda in Wien die Wohnung eines Kollegen, in der es nichts zu hüten gab. Der Kollege machte Ferien auf einer Insel, und sie in Wien. An einem warmen Vormittag im Mai ging sie über den Kohlmarkt. Die Luft war voller Verheißung. Sie näherte sich ihrer alten Wohnung mit dem Möbelgeschäft an der Ecke. Und dort stand, wie eine Schildwache aufgepflanzt, im hellblauen Hemd und grauer Flanellhose, Ferraghani. Er hielt nach Bekannten Ausschau, das Herrenhandtäschchen wie früher ums Handgelenk geschlungen.

Sandas Herz machte einen Sprung. Sie freute sich wahnsinnig. Der schwarze Ledergürtel, der Schnurrbart, die Hände, alles wie früher, und doch verändert. Ferraghani war in sich selbst hineingerutscht und sehr ruhig.

Als er sie erkannte, ging ein tiefer Atemzug durch seine Gestalt. Seine Lippen färbten sich rot.

»Wie geht es dir?« fragten beide gleichzeitig und lächelten.

Sie blieben eine Weile voreinander stehen.

»Gehen wir ein Glas Buttermilch trinken?« fragte Sanda. »Oder lieber einen Cappuccino?«

Das Arabia lag genau gegenüber. Getönte Spiegelbänder liefen über die Holzwände, die im Stil der fünfziger Jahre mit ledernen Rückenlehnen beklebt waren. Aus den Lichtschächten wehte der Geruch nach Pferdefett. Die Stammgäste, meist heimgekehrte Emigranten, saßen im schummrigen hinteren Teil. Vorne belagerten ganze Familien nach ihrem Einkaufsbummel laut schwatzend die kleinen Tische. Als Ferraghani sich auf die Bank setzte, sah sie im Spiegel, daß sich seine Haare gelichtet hatten.

Sie schwiegen eine Weile. Ihre Hände berührten sich fast. Lametta, dachte Sanda. Diesmal hängt hier aber keines.

»Das letzte, was du mir geschrieben hast«, sagte sie vorsichtig, »war, daß du im Landwirtschaftsministerium in Teheran eine Stelle gefunden hattest. Damals, noch unter dem Schah.«

Ferraghani lächelte. Es war alles wie früher. Die schönen Lippen. Die weichen runden Wangen. Das Kinngrübchen. Nur die Augen hatten einen Flor aus Resignation.

»Ich bin immer noch dort«, sagte er.

»Wie«, fragte sie erstaunt, »du hast eine Stelle unter dem Schah bekommen und sie unter den Ayatollahs behalten?«

»Ministerien sind sehr traditionelle Gebilde«, sagte er nachsichtig wie zu einem Kind. »Man könnte sagen, Ministerien sind der Hort der Tradition.«

»Hattet ihr keine Probleme mit der Revolution?«

»Nein«, sagte Ferraghani. »Zenta ist allerdings wieder hierher zurückgekehrt.«

Sanda war starr. »Zenta? Habt ihr geheiratet?«

»Du wolltest ja nicht«, sagte Ferraghani scherzend.

Sanda schossen verschiedene Dinge durch den Kopf. *Halb* glücklich hätten wir auch miteinander werden können! dachte sie als erstes. Es gab ihr einen Stich. Dann: Eigentlich mutig von Zenta, daß sie sich auf dieses Abenteuer eingelassen hat. Sie hatte mehr Recht auf ihn.

»Gleich nach der Revolution ist sie wieder hierher in den Schuldienst zurückgekehrt«, erklärte Ferraghani.

»Oh«, sagte Sanda. »Soso.«

Die Hundertfünfzigprozentige. *Welcome home.* Hätte ich vermutlich auch so gemacht. Aber warum hat Zenta so schnell das Handtuch geworfen? Wenn eine mit den Mullahs fertig werden könnte, dann doch sie?

»Hattet ihr im Ministerium keinen Ärger?« wiederholte sie ihre Frage. »Keine Revolutionswächter vor die Nase gesetzt bekommen oder so?«

»Revolutionswächter?« meinte Ferraghani nachdenklich. »Na ja. Sie verstehen nicht soviel von der Materie.«

Sie sah die dunklen Haare auf seinen Fingerwurzeln, aber keinen Ehering. Sind sie wieder getrennt? überlegte sie. Oder besucht er sie in den Ferien?

»Ich fliege immer über Dubai«, sagte Ferraghani, als habe er ihre Gedanken erraten.

Der Kellner brachte den Cappuccino.

»Kinder habt ihr keine?« fragte Sanda und betrachtete sein Kinngrübchen. Sie erinnerte sich, daß sie einmal aus einer Zeitschrift ein Foto ausgeschnitten hatte, ein großäugiges dunkelhaariges Kind, das aussah, als sei es ein Sohn von ihm.

»Nein«, sagte Ferraghani. »Und du? Bist du schon Chefkuratorin?«

»Ja«, sagte Sanda. Sie nannte den Namen der Stadt, in der sie inzwischen arbeitete. Er horchte auf.

»Seltsam«, sagte er, »genau dort hätte ich damals nach dem Examen die Fortbildung machen sollen. Für junge Architekten, weißt du? Die immer wieder verschoben wurde. So daß ich schließlich nach Persien zurückgegangen bin.«

»Ach ja!« sagte Sanda lahm. »Komischer Zufall.«

»Nein, Zufälle gibt es nicht«, sagte Ferraghani. »Was macht unser Orakel?«

»Es liegt in einem Koffer auf dem Dachboden. Ich habe es nie mehr benutzt. Doch, ein einziges Mal. Der Spruch hieß: Hast du, wen du liebst, gefunden, laß die Welt, du hast genug.«

»Und?« fragte Ferraghani neugierig. »Hast du ihn gefunden?«

»Was sagen denn die Mullahs zu Hafis?« lenkte Sanda ab. »Weile doch, um Gottes willen, bei den Kuttenträgern nicht?«

Ferraghani lachte. »Ja, aber sie können Hafis nicht umbringen.« Er wurde zusehends heiterer. Das Fauchen der Kaffeemaschine und das Murmeln an der Theke erinnerten an die alte Cafeteria.

Sie seufzten.

»Wir haben uns nicht verändert«, stellte Ferraghani plötzlich fest.

Sanda lächelte und schwieg.

»Es ging nicht, weil wir beide herrschen wollten.« Zum ersten Mal sah er sie offen an. Es fuhr ihr durch und durch.

»Es ging nicht, weil wir beide herrschen wollten und das nicht ging«, präzisierte sie.

»Geht es denn überhaupt?«

»Ich würde nichts anderes akzeptieren. Im Abendland ist die Selbstverfürstlichung weit fortgeschritten, weißt du? Bei Männern, Frauen und Kindern.«

»Selbstverfürstlichung?«

»Erklär ich dir später«, sagte sie und bestellte Hühnersuppe.

Nach einer Weile fragte Ferraghani, wie lange sie in Wien bleibe.

»Noch zwei Wochen.«

»Ich auch«, rief er und öffnete sein Handtäschchen. Er nahm Kugelschreiber und ein Kärtchen heraus und kritzelte etwas auf die Rückseite.

»Wie?« fragte sie wieder laienhaft erstaunt. »Diplomarchitekt Mohammed C. Ferraghani? Nicht mehr Cyrus M.?«

Er errötete. Leicht und flüchtig.

»Macht nichts«, sagte Sanda schnell. »Für mich warst du sowieso immer Ferraghani. Aus irgendeinem geheimnisvollen Grund.« Sie las weiter: »Head of Department, Ministry of Agriculture, Tehran. Oh! Da hast du es aber weit gebracht!«

»Dreh es um«, sagte er eifrig. Handschriftlich stand eine Wiener Telefonnummer auf der Rückseite, darunter die Bemerkung »Di–Fr vormittags, 9–13 Uhr.«

»Dann hat Zenta Schule«, erläuterte er und wich ihr mit den Blicken aus. »Wir können uns dann treffen.«

Das Zeitpolster! dachte Sanda, als sie aus dem Café wegging. Die knisternde Aura aus Erwartung und Hoffnung und Frische! Sie hatte einer anderen Ausstrahlung Platz gemacht. Unruhe, erzwungener Müßiggang. Es war vermutlich nicht einfach, zwischen den Kontinenten zu pendeln.

In einem Aufruhr der Gefühle ging sie durch die Stadt. Zieht er mich noch an? überlegte sie. Will ich wieder mit ihm schlafen? Mich an Zenta rächen?

Er schreibt mir da seine Freigangzeiten auf und überläßt es mir…

Die Tür der Wahl

Im Appartement des Kollegen wusch sie sich die Hände. Sie waren von den Zeitungen ganz schwarz geworden. Sie warf einen Blick in den Badezimmerspiegel.

»Was will ich eigentlich von ihm?« fragte sie laut.

Ihr Vater fiel ihr ein, der gestorben war. Es war der erste wirkliche Schmerz um einen Menschen gewesen, und er hielt ein Jahr lang an. Die Todesnachricht hatte wilde Verzweiflung in ihr ausgelöst. Reue und Schmerz darüber, daß sie ihm manchmal Kummer bereitet hatte. Aber dann kam ein Moment, klar und einfach wie der Ausblick von einem Berg – die Gewißheit, ihn ihr ganzes Leben geliebt zu haben. Dieses Gefühl war wie ein ruhiger Ton. Sie hatte schon aufgehört zu glauben, daß man einen Menschen sein ganzes Leben lang lieben könne, besser gesagt, sie wußte nicht mehr, was Liebe war, verwirrt von Verliebtheit und Wandelbarkeit der Empfindung. Deshalb war dieser Schmerz ein großer heimlicher Triumph des Gefühls. Sie wußte wieder, was Gewißheit war. Aber weil Gewißheit so selten war, täuschte sie sich so oft darüber hinweg.

Nach dem Tod ihres Vaters hatten sich ihre Liebesgeschichten verändert. Sie waren kürzer geworden und näherten sich dem, was man Abenteuer nennt. Wenn es möglich war, daß die geliebteste Person von der Bildfläche verschwand, warum dann nicht auch diejenigen, die nichts anderes waren als die Schatten dieser Hauptfigur?

Plötzlich glaubte sie zu wissen, warum sie noch immer an Ferraghani hing. Warum sie so viel an ihn dachte, ihn sich nie wirklich aus dem Herzen gerissen hatte. Er war das Original. Nicht das Urbild, aber das Original. Vielleicht hoffte sie, wenn sie zum Original zurückkehrte, könnte sie die Variationen abschütteln, die sich in ihrem Leben zu vervielfältigen drohten.

Aber wenn Ferraghani morgen sterben würde, hätte sie dann das Gefühl, ihn die ganze Zeit geliebt zu haben?

Sie saß im Sessel und rieb sich die Augen mit beiden Händen. Gleich morgen tu ich etwas, dachte sie. Ich habe zwar keine Ahnung, was, aber ich tu es.

Anderntags erwachte sie in der fremd-vertrauten Umgebung. Ein Sonnenstrahl fiel auf den vergoldeten Bilderrahmen an der Wand gegenüber und war in seiner Intensität und Reinheit schön. Langsam begannen sich ihre Gedanken zu ordnen. Gestern das Treffen im Arabia. Heute mußte sie Ferraghani anrufen. Der Wecker zeigte neun Uhr.

Alle Menschen, die ich liebe, sind weit fort, dachte sie in einer plötzlichen Eingebung. Auch die, die ich noch gar nicht kenne.

Ohne lange zu überlegen, nahm sie das Telefon und wählte.

Ferraghani meldete sich sofort.

»Hör mal«, sagte sie statt einer Begrüßung, »ist Zenta immer noch so eifersüchtig?«

Ferraghani schwieg verdutzt.

»Ja«, meinte er schließlich. »Warum?«

»Dann lassen wir es lieber«, sagte Sanda bestimmt. Und dachte: Ich will nur meine Haut retten. *Vielleicht oder sogar sicher sind Sie später heilfroh, ihn los zu sein.*

Ferraghani schwieg.

Sie schwiegen beide lange, ohne daß Sanda Lust hatte, noch einmal das Wort zu ergreifen.

»Wenn du meinst«, sagte Ferraghani leicht gekränkt. »Du hast ja die Wahl.«

»Ja«, sagte Sanda, »ich habe die Wahl.«

Sie blieben noch eine Weile schweigend an ihren Hörern.

»Adieu«, sagte Sanda schließlich. »Alles Gute.«

Dann legte sie auf.

Das ganze Glück

Als Sanda auf der Couch erwachte und die Überreste der Silvesterfeier sah, dachte sie an das Debakel des gestrigen Abends. Langsam fiel es ihr wieder ein. Sie hatte alle Gäste mit sonderbaren Hafis-Sprüchen beleidigt.

Sie fühlte sich ausgesprochen wohl. Kochte Kaffee, nahm den Becher und geisterte in der Wohnung herum. Die Sonne strahlte hell ins geheizte Balkonzimmer. Die Pflanzen schienen noch zu schlafen. Durchs Fenster hörte man gedämpft-fröhliche Wintergeräusche, schneeschippende Erwachsene, Kinder, Autos, die nicht anspringen oder fortkommen wollten, das sausende Durchdrehen der Reifen.

Was für ein prächtiger Neujahrstag. Auf dem Ecktisch standen die Weihnachtskarten kreuz und quer. Manchmal fiel eine lautlos um und riß die nebenstehende mit sich. Sie brühte sich noch einen Kaffee auf und genoß die Ruhe.

In diesem Augenblick klingelte das Telefon.

»Hier Lisbeth«, meldete sich die Schmerzpatientin. »Guten Morgen.«

Sanda begann Entschuldigungen zu stottern. »Ich bin eine Idiotin«, sagte sie. »Ich hätte das verdammte Ding nie herausholen dürfen.«

»Ganz im Gegenteil«, sagte Lisbeth. »Ich habe hervorragend geschlafen. Zum ersten Mal ohne Schmerzen.«

»Wie ist das möglich?«

»Du erinnerst dich an den Spruch, den ich gezogen habe?«

»Ja, dunkel...«, log Sanda. Weh, daß ohne Rettung mich der Schmerz verzehrt.

»Eigentlich war mir das die ganze Zeit bekannt«, sagte Lisbeth. »Ich habe so viele Schmerztherapien hinter mir! Und trotzdem hab ich's mir niemals klargemacht.«

»Was?«

»Daß ich mit dem Schmerz leben muß. Gestern abend habe ich das Mittel genommen und gedacht: So, du hältst mir jetzt vier Stunden zuverlässig den Schmerz vom Leib, und in der Nacht nehme ich noch eins, und es hat funktioniert! Du solltest das Orakel patentieren lassen.«

Sanda war überrascht. »Du meinst, das Mittel hat endlich gewirkt?«

»Ja.«

»Das ist ja erfreulich«, sagte Sanda. »Aber patentieren lassen? Das mit dem geschmückten Antlitz und mit der Untreue war zu hart. Oder nicht?«

»Die wissen jetzt auch Bescheid«, sagte Lisbeth ungerührt. »Was machst du heute mittag? Hast du schon was vor?«

»Ich glaube nicht.«

»Laß uns irgendwo essen gehen. Ich erzähle dir, wie das mit meinem Unfall wirklich passiert ist. Nur, wenn es dich interessiert, natürlich.«

»Sehr«, sagte Sanda. »Schön, daß es wenigstens Geschichten befördert.«

Sie verabredeten sich in der Stadt, und Sanda legte auf.

Kurze Zeit später klingelte das Telefon erneut.

»Ich und Heil und fromme Werke«, sagte eine Frauenstimme.

»Um Himmels willen«, rief Sanda. »Ich kann das überhaupt nicht entschuldigen! Es tut mir wirklich furchtbar leid.«

»Aber ganz im Gegenteil«, sagte die Stimme am anderen Ende. »Es hat endlich Bewegung in die Sache gebracht. Von Anfang an hat er mir doch klipp und klar erklärt, daß er seine Frau niemals verlassen wird. Sie leidet an einer Krankheit, bei der sich Lungengewebe langsam in Bindegewebe umwandelt. Der Prozeß kann zum Stillstand kommen, oder er endet schließlich tödlich. Ich fand es immer so edel, daß er bei ihr ausharren wollte. Und so edel von mir, daß ich das akzeptiert habe. Aber der Spruch hat mir die Augen geöffnet.«

»Inwiefern?« fragte Sanda.

»Ich und Heil und fromme Werke? Niemand glaubt doch wohl daran! – In Wirklichkeit will ich gar nicht edel sein. Ich will normal egoistisch sein! Ich will nicht immer mit einem schlechten Gewissen herumlaufen müssen oder mit einer unterdrückten Wut oder mit beidem. Ich will von einem Mann mehr als nur ein Scheibchen. Heute morgen hab ich Schluß gemacht.«

»Um Gottes willen, was für Entscheidungen«, sagte Sanda. »Hoffentlich bereuen Sie es nicht!«

»Doch«, rief die Stimme am anderen Ende, »jetzt schon! Aber irgendwann wird das Bereuen vorbei sein. Hafis scheint mir ein großer Dichter. Komisch, daß man dasselbe nie mit Goethe gemacht hat.«

»Ja«, sagte Sanda. »Das ist wirklich komisch.«

Als nächstes meldete sich die Älteste aus der Silvesterrunde.

»Kindchen«, sagte sie übergangslos. »Ich kann heute mittag nun doch nicht zu dir kommen.

Meine Enkel haben sich angesagt, ganz überraschend. Stell dir vor.«

Sanda, die die Verabredung völlig vergessen hatte, schwieg.

»Aha«, rief die Ältere. »Hast du gar nicht mehr dran gedacht? Das war also der Sinn! Nie hält ein süßer Mund, was er versprochen hat!«

»Moment mal«, sagte Sanda erheitert, »ich stelle fest, daß du diejenige bist, die etwas nicht einhalten will. Aber bitte, wenn du mir eine andere Verabredung vorziehst…«

Sie lachten.

»Es kommt so selten vor«, seufzte die Großmutter. »Und immer unangemeldet. Du weißt doch, wie es ist.«

Ich wette, dachte Sanda, als sie ins Bad ging, die anderen rufen nicht an. Weder das Ehepaar noch das geschmückte Antlitz. Diese Sprüche waren zu peinlich, zu direkt und zu persönlich. Es würde mich jedenfalls wundern.

Kaum hatte sie sich angezogen, meldete sich die geschminkte Kollegin.

»Netter Abend gestern«, sagte sie herzlich. »Wirklich, das Orakel war der Clou. Etwas ganz Besonderes. Schade, daß ich einen Spruch bekommen habe, der nur auf Männer paßt.«

»Nur auf Männer?« wiederholte Sanda überrascht und schwieg, um nichts falsch zu machen.

»Ja! Sonst hätte es doch heißen müssen: Nicht *jede, die ihr* Antlitz schmückt, versteht sich Liebreiz zu verschaffen.«

»Ach so!« sagte Sanda. »Das stimmt natürlich. Aber was willst du? Hafis war ein Mann. Der Übersetzer war ein Mann, der Liebhaber war ein Mann, sein Nebenbuhler war ein …«

»Wie hieß übrigens dein Spruch?« erkundigte sich die Kollegin angelegentlich. »Ich kann mich gar nicht daran erinnern.«

»Komisch, ich auch nicht«, sagte Sanda. »Warum nicht?« Nach kurzem Nachdenken fiel es ihr ein. »Weil wir nach Lisbeths Spruch aufgehört haben! Weißt du nicht mehr? Alle waren so empört. Ich kam gar nicht mehr an die Reihe.«

»Ach! Dann könnten wir es doch jetzt nachholen!« schlug die Kollegin erfreut vor. »Ich meine, du holst deinen Spruch nach, und ich wähle mir einen richtigen?«

»Nein!« rief Sanda. »Im Moment hab ich keinen Bedarf! Ich kann dir das Orakel aber ausleihen. Ich fotokopiere es dir! Versprochen.«

»Schade«, sagte die Kollegin. »Da muß ich ja noch warten. Hoffentlich nicht zu lange.«

»Wenn es so ist«, sagte Sanda, »bring ich es dir

heute nachmittag vorbei. Ich muß ohnehin in die Stadt. Kopier es dir dann selbst.«

»Das würdest du tun?« fragte die Kollegin gerührt. »Wie lieb von dir.«

Sanda begann den geflochtenen Koffer wieder einzuräumen. Die Kissenbezüge. Die silberne Dose. Die Fotos.

Sie lächelte, als sie an sich dachte, wie sie jung gewesen war. Sie hatte so sehr an Orakel geglaubt. Die ganze Welt ein Orakel. Alles war Zeichen, Omen, Wink und Hinweis, Rascheln im Walde. Sätze, die ihren Kopf nicht mehr verließen. Auf der andern Seite das unbedingte Wollen. Das alles möglich machte. Berge versetzte, Wünsche erfüllte, den Lauf der Sonne umbog und doch machtlos war gegen das Orakel in ihr selbst. Aber ohne die Wünsche, dachte sie, wo wären wir? Sie erschaffen die bunten Irrtümer des Lebens.

Sie las die Fotos zusammen. Ferraghani und Sanda in Venedig. In Schönbrunn in der Hauptallee, und oben vor der Gloriette.

Sie suchte eine Tasche für die Tabellen.

Alle wollen es erfahren, dachte sie. Wir können nicht wissen, ob wir dem Passenden je begegnen, und nehmen mit dem Viertelspassenden vorlieb oder halten das Unpassende für das Passende.

Vielleicht haben wir nur einmal im Leben das Glück, den Menschen zu finden, der dem geheimnisvollen Vater oder der Mutter, dem Bruder oder der Schwester in uns wirklich entspricht. Dann muß es sein wie Nachhausekommen.

Das Ehepaar fiel ihr ein. Sie schaltete für alle Fälle den Anrufbeantworter an, als sie die Wohnung verließ. Nächstes Silvester wieder Bleigießen! Oder eine Reise in die Südsee. Die Siedler von Catan!

Sie wog die Tasche in der Hand und summte vor sich hin, als sie das Orakel aus dem Haus trug.

Das Hafis-Orakel

Nach einer alten persischen Tradition

18		10		22		14		1
	33		36		39		26	
12		4		16		8		25
	38		27		32		37	
6		23		15		2		19
	28		41		34		31	
5		17		9		21		13
	35		30		29		40	
24		11		3		20		7

Lassen Sie einen Finger über dem Zahlenquadrat kreisen. Schließen Sie die Augen. Tippen Sie auf eine Zahl. Sie entspricht einer der folgenden 41 Buchstabentafeln.

In jeder der folgenden Buchstabentabellen sind vier Orakelsprüche versteckt – Verse des persischen Dichters Hafis († 1390). Wählen Sie in der von Ihnen gefundenen Tabelle einen der ersten vier Buchstaben. Notieren Sie ihn. Überspringen Sie die nächsten drei, und notieren Sie sich den vierten – und so fort bis zum Ende.

Tafel 1

N	W	S	A	I	E	I	L	R	I
E	L	G	L	H	M	E	E	I	E
N	D	C	I	D	O	H	N	S	C
S	L	K	H	T	E	A	U	E	I
N	M	R	D	N	G	B	E	I	O
E	N	C	T	V	K	H	T	O	O
F	E	R	M	R	S	V	M	E	W
E	T	U	I	R	V	N	L	L	O
D	L	A	M	E	E	N	F	S	N
G	R	E	B	E	E	H	E	N	U
E	I	N	N	N	D	A	D	I	E
C	E	H	N	H	U	N	K	U	N
E	U	M	D	N	T	A	S	A	T
R	O	L	E	M	A	L	N	U	U
E	T	N	C	N	R	G	H	W	Ä
U	D	A	G	N	I	S	E	D	E
G	R	N	A	E	N	A	R	S	N
C	Z	C	I	H	E	H	C	K	N
A	H	U	E	H	T	ß	I	?	!

Tafel 2

H	O	D	S	E	S	U	O	R	E	S	L	Z
I	A	C	E	N	H	H	S	S	S	E	G	C
T	N	E	H	W	L	N	W	I	I	Ü	A	E
E	G	R	G	B	E	Z	R	E	D	E	A	S
I	S	U	S	R	H	S	C	A	A	A	H	L
A	M	M	S	R	U	E	W	H	N	R	E	E
D	Z	G	I	W	M	G	ß	I	U	E	T	E
ß	F	S	H	T	Ä	O	A	I	H	M	R	C
R	I	T	H	T	C	S	E	E	H	I	R	E
K	C	T	I	L	H	R	N	A	G	A	S	G
E	G	C	E	G	E	H	N	E	N	I	D	N
D	C	A	M	A	K	ß	I	ß	S	D	C	D
A	U	H	U	L	B	D	B	D	E	E	E	A
S	R	S	S	S	F	S	S	E	R	E	I	R
E	R	C	T	U	T	H	Ä	N	Ä	G	T	D
T	Ü	E	D	E	N	S	E	S	S	T	R	T
T	N	T	N	I	I	R	I	G	C	E	C	D
H	U	H	I	T	L	T	R	Z	O	Z	E	U
S	U	R	F	E	F	W	R	B	R	E	A	E
A	I	G	N	G	S	E	A	E	E	N	HM	N

Tafel 3

I	B	I	W	C	I	C	A	H	S	H	S	F	T	V
V	Ü	D	E	O	R	U	R	N	C	M	B	D	H	I
R	E	T	R	E	I	E	E	N	N	V	I	N	E	O
N	E	R	N	L	W	L	M	I	E	I	E	E	I	P
I	B	L	P	N	E	D	E	E	N	U	I	N	D	M
C	T	E	I	H	R	R	C	B	Ä	G	H	E	N	E
V	G	E	F	E	E	N	Ä	R	H	W	H	L	R	I
R	A	T	R	T	S	E	D	E	S	H	D	M	E	A
E	U	N	T	R	S	W	S	S	S	E	I	C	T	N
C	H	D	D	H	L	U	E	Z	E	W	A	U	I	O
B	R	E	R	V	S	R	T	O	T	M	M	N	U	E
I	G	N	I	R	R	D	N	H	A	E	E	A	U	N
S	L	S	I	G	T	A	C	R	E	M	H	A	N	K
T	M	T	E	E	S	R	I	R	Z	E	T	F	E	U
D	Ü	R	U	E	L	R	N	N	L	I	D	B	T	S
W	L	N	S	A	I	O	E	H	C	C	N	R	K	H

Tafel 4

D	D	W	V	E	U	O	O	I	F	W	N	N
A	E	D	E	S	I	E	H	S	L	S	U	E
T	H	L	S	D	E	D	T	I	R	I	F	E
Z	S	R	F	E	T	E	R	N	S	U	O	S
D	N	H	U	I	D	E	N	E	D	K	D	V
A	U	D	E	L	N	E	R	I	D	R	E	E
E	S	I	G	D	E	N	T	E	E	T	D	I
L	M	E	N	E	I	R	E	T	T	F	R	A
S	E	L	F	C	H	I	E	H	L	E	L	Ö
E	B	W	N	R	E	I	H	N	D	R	E	I
A	D	I	C	S	D	T	H	S	E	E	T	I
I	I	R	C	N	N	I	H	B	E	C	B	I
G	H	E	L	A	T	S	D	N	I	E	M	Z
G	L	I	E	A	I	R	W	U	G	N	E	F
T	I	L	D	I	M	T	A	H	M	B	S	R
E	E	W	E	R	Z	A	N	W	W	S	T	E
U	M	G	G	N	A	E	G	G	N	G	E	E
S	E	W	N	P	N	I	H	R	Z	S	Ä	I
I	C	L	C	E	H	T	H	H	T	!	T	E

Tafel 5

P	I	D	D	F	C	I	U	L	H	E	B	A
S	R	L	N	T	O	I	Z	E	S	C	E	H
E	K	N	N	A	S	U	I	M	T	R	C	B
A	D	H	U	U	E	T	S	F	N	A	E	M
B	B	N	I	A	V	D	C	U	O	A	H	M
N	S	U	D	D	G	N	E	E	L	D	R	M
A	M	F	V	S	E	R	E	I	I	E	R	N
N	U	L	D	E	N	A	E	L	D	N	R	E
S	G	H	I	C	E	A	D	H	N	N	E	A
B	D	N	F	I	E	V	T	S	I	E	S	D
N	R	E	A	L	M	I	S	I	E	N	S	E
H	E	I	B	R	F	C	C	S	R	H	H	T
U	M	E	D	C	E	N	U	H	I	D	A	T
N	A	U	B	E	S	G	E	N	W	E	G	W
I	N	L	U	L	B	Ü	N	L	L	C	S	I
I	K	C	G	C	T	H	E	K	D	E	R	L
A	R	F	I	S	R	R	C	H	E	E	H	E
I	U	M	R	C	T	I	Z	H	!	R	!	E

Tafel 6

D E J N I I E I E N N C N S
E H A A R T C M F S H K R V
T E E O D I U N E T N D R D
D E K Ü D I R N E N A K M E
F T H R T M E L V I R A O R
Z G N G E E D A N S E R S C
R H C H D E H R I R M I E R
E E F L I B R I C S O C H T
M H E D M W L U E E N W N N
D Ä S N W H P D E R R E C E
E R K N C F T D H R B M E E
A A N U L N I N D C S D D H
T G A E S A N R I N K T C Z
I A H A N G E L M S R S I C
D M R H I E B O E I A N S N
L S E F D C N R K H A E L W
C U A A H N G N T D E D ! ❀

Tafel 7

W	K	E	W	E	E	R	A	I	I	I
S	S	N	N	D	S	L	N	E	T	I
R	S	D	E	E	L	U	B	D	E	W
C	I	B	O	H	C	E	H	E	H	N
L	N	W	S	W	I	I	W	A	N	E
E	S	D	S	R	G	E	I	K	L	R
C	S	Ü	G	H	T	C	A	V	A	K
N	E	T	M	Z	R	T	A	E	S	L
N	N	T	I	N	S	O	E	E	T	H
F	N	A	L	E	N	D	E	R	E	T
N	T	D	V	D	I	A	E	E	S	S
R	I	T	G	M	N	A	E	O	H	L
S	C	O	S	I	H	L	N	C	T	D
I	H	E	E	C	T	E	R	H	D	S
B	T	E	M	L	S	S	E	I	N	F
I	C	U	R	N	K	R	E	H	M	Z
U	E	I	U	N	R	R	B	D	Z	Z
E	E	Z	U	T	S	U	G	R	S	R
E	A	C	Ü	W	C	H	H	A	H	A
R	N	T	U	E	D	E	N	N	T	N

Tafel 8

T	W	S	S	A	E	E	E	U	R	I	I	S	B
N	M	E	I	E	E	N	N	L	I	D	I	O	N
D	C	C	H	A	H	K	E	N	D	E	R	K	E
K	Z	D	N	N	A	A	N	Ü	U	S	D	P	C
S	A	F	H	I	S	T	N	C	S	E	I	H	D
T	C	D	E	A	H	I	I	U	T	C	N	S	E
H	E	E	I	W	S	N	N	I	E	D	W	E	E
H	E	D	L	E	I	E	E	R	L	R	D	Z	C
G	I	E	H	A	E	N	E	N	D	A	N	Z	U
N	L	N	F	E	E	A	T	I	E	C	E	N	R
H	N	E	V	E	D	I	O	I	E	N	N	G	M
Z	L	N	I	G	I	E	C	E	E	M	H	S	B
W	N	I	U	U	I	H	N	N	C	R	D	S	H
E	T	C	T	R	R	H	V	H	U	G	E	Ä	N
E	R	R	K	S	G	C	E	C	I	H	N	H	S
E	H	A	S	N	E	U	T	A	I	T	?	N	T

Tafel 9

D	E	W	E	E	S	I	S	R	H	L	R
E	A	L	E	I	T	K	I	N	D	O	C
G	E	M	H	E	I	M	T	W	N	E	A
E	H	N	N	I	O	B	G	H	L	O	Ü
T	D	T	T	E	E	E	E	E	R	D	U
I	R	E	N	N	E	R	D	E	I	V	A
S	Z	E	N	H	D	R	T	E	I	L	R
R	E	I	E	Z	W	E	U	E	E	B	E
N	L	T	K	S	T	E	E	B	S	N	I
L	O	G	N	I	L	I	M	E	A	B	E
B	N	V	N	I	G	O	S	N	U	N	C
D	N	D	H	E	D	E	A	S	B	M	N
F	R	F	M	R	E	R	E	E	I	E	I
U	T	U	N	N	S	N	E	D	I	D	N
E	E	E	F	S	I	M	R	H	S	I	E
E	T	R	U	I	U	B	N	L	M	E	D
I	F	R	H	G	A	I	E	T	N	C	R
U	G	H	A	M	E	T	N	❀	N	!	❀

Tafel 10

I	I	W	K	C	S	E	O	H	T	S	M
S	D	H	M	P	I	A	Z	R	E	L	U
A	Z	B	R	C	E	S	Ü	H	I	O	C
I	T	L	K	C	N	L	U	H	O	T	M
L	C	I	D	E	H	C	E	I	N	H	S
D	I	M	B	E	C	I	E	N	H	C	K
U	T	H	L	R	E	N	O	U	R	I	M
M	S	C	M	D	C	H	N	I	H	T	E
C	I	S	N	H	E	E	H	E	N	H	E
R	E	N	R	S	N	E	Z	P	W	N	E
R	O	B	N	A	D	A	S	C	I	L	S
H	E	D	E	E	F	D	E	I	R	A	L
N	E	S	I	E	U	E	S	N	N	I	C
D	D	G	H	E	E	N	E	N	S	E	R
I	I	L	G	M	C	A	E	M	H	N	N
T	E	D	O	D	R	Z	S	E	B	U	S
I	A	S	Z	N	R	C	U	L	M	H	S
E	E	A	E	I	N	U	I	D	?	N	N

Tafel 11

F	I	S	O	R	H	C	D	E	M	H	E	U
V	O	S	N	E	N	B	D	R	L	E	E	E
A	G	L	I	N	L	A	N	G	Ü	S	T	I
C	S	Z	S	K	T	U	T	E	D	S	S	N
I	E	D	D	E	I	A	E	Z	N	ß	N	E
I	D	M	I	S	E	O	T	T	R	M	D	B
S	E	E	E	E	N	R	S	H	T	R	S	N
E	O	E	S	S	S	R	U	I	E	A	C	N
N	L	H	D	U	S	T	E	N	U	B	M	S
N	R	D	D	S	A	E	E	T	N	R	R	E
D	F	L	R	D	R	U	B	I	E	S	L	E
U	T	I	S	N	U	C	E	D	N	H	E	U
D	K	L	N	F	E	E	S	R	I	M	W	E
T	I	I	U	E	R	E	D	R	V	D	E	S
E	E	W	T	R	R	E	R	Z	K	I	E	E
E	H	B	H	H	E	E	R	R	N	N	T	T

Tafel 12

I	D	B	D	C	U	E	I	H	R	I	E	L
C	J	G	I	H	E	E	E	D	D	S	B	E
E	C	E	N	M	H	E	S	A	I	I	C	T
C	N	H	E	H	F	I	M	T	R	M	Z	E
E	M	U	M	U	E	G	E	N	R	E	I	D
D	S	N	L	E	T	E	I	I	Ö	R	C	N
H	S	H	E	N	E	E	R	I	H	S	W	C
N	A	A	H	S	N	N	B	U	T	G	E	C
L	E	R	H	I	N	Ü	T	T	W	H	S	Z
I	R	C	U	R	T	H	N	D	V	R	D	E
O	I	H	I	N	E	E	N	D	B	R	J	E
I	Z	E	I	C	A	D	N	H	N	E	E	U
Z	R	R	N	I	B	T	T	E	L	R	E	H
I	E	R	E	C	N	T	N	K	N	R	D	E
U	A	E	R	N	N	S	H	G	E	H	E	H
N	A	L	A	A	A	L	N	U	R	T	D	F

Tafel 13

V	E	B	K	E	R	I	O	R	I	N	M
G	N	S	M	N	N	D	Z	Ü	R	E	U
G	E	R	R	E	D	D	Ü	N	I	U	C
W	C	R	K	E	H	C	D	C	A	H	E
K	N	V	N	E	J	E	N	N	E	R	M
L	N	L	E	E	E	I	I	N	Z	E	N
Z	E	B	E	U	I	T	S	N	T	E	E
D	E	S	E	R	N	T	L	O	W	R	E
S	O	E	G	E	N	I	L	U	O	B	Ü
N	C	E	H	D	H	N	T	B	D	R	N
R	E	U	A	E	I	H	C	C	N	M	H
H	H	E	D	E	A	R	I	N	U	L	R
D	S	A	I	E	M	N	N	R	E	G	S
G	I	T	E	E	N	E	H	L	W	I	N
Ü	O	N	S	B	H	D	U	D	N	E	C
E	O	R	H	M	R	S	TS	A	T	T	G
C	W	A	L	H	A	D	U	T	R	T	T

Tafel 14

D	Z	L	L	I	W	I	A	E	E	E	N
F	C	B	G	R	K	E	S	O	L	S	C
H	O	L	H	E	S	U	O	K	U	S	N
U	N	T	H	N	D	A	A	D	I	N	T
E	N	S	D	K	L	C	E	A	E	H	R
M	I	W	H	E	D	A	E	S	E	R	R
B	N	Z	Z	L	S	E	B	E	C	N	E
I	H	A	S	B	A	U	I	E	F	G	T
N	T	E	Z	I	E	N	E	C	N	W	R
H	I	E	K	T	S	I	E	J	T	C	I
E	D	H	N	D	I	T	E	E	E	M	N
R	L	I	A	T	E	R	C	A	B	N	H
G	E	I	R	D	N	M	I	E	S	M	C
M	Z	E	H	G	E	R	T	R	I	A	M
A	T	U	E	M	E	S	H	G	N	D	R
E	T	E	G	W	F	M	E	E	L	S	S
I	O	I	A	H	H	N	N	T	N	N	DT

Tafel 15

W	W	V	D	O	E	O	E	H	R
M	R	L	D	N	D	D	I	E	U
E	E	B	B	M	E	E	A	H	I
N	R	E	N	B	B	R	S	U	I
Z	A	H	S	E	M	L	T	N	K
E	A	D	E	R	L	A	I	V	L
S	T	E	E	D	E	R	N	E	R
M	W	N	K	O	I	B	O	C	S
L	R	H	S	I	E	T	E	C	N
E	N	K	B	S	S	E	R	I	S
N	A	C	T	N	U	H	R	A	C
N	E	C	H	I	B	H	T	M	E
Z	D	M	N	U	E	E	A	F	R
R	C	O	N	M	H	L	O	E	D
G	C	I	E	E	H	N	S	N	H
H	W	S	E	E	I	T	R	R	S
E	U	Z	S	T	M	Z	E	S	Z
U	N	V	U	B	S	E	S	E	L
R	C	F	I	M	H	R	C	I	A
E	H	E	U	I	T	D	N	N	!

Tafel 16

D	I	A	H	U	C	U	E	S	H
ß	I	A	L	E	M	H	I	R	L
S	E	D	I	T	B	E	C	O	E
I	H	H	I	N	W	E	N	E	E
R	N	R	I	Z	I	S	N	W	G
C	U	A	D	H	N	S	I	W	D
G	C	E	L	R	H	L	U	A	O
L	S	M	S	E	T	D	E	B	G
E	E	I	E	R	L	N	N	L	E
I	I	I	U	C	E	E	N	H	ß
B	D	J	E	E	W	E	N	N	E
D	W	U	I	E	A	N	ß	N	S
A	Z	Z	E	B	U	U	S	E	G
F	S	R	L	L	E	M	E	U	I
A	I	C	?	L	C	H	E	S	H
T	I	F	D	S	N	Ü	A	O	L
R	ß	R	O	F	D	T	C	O	U
S	K	L	E	B	R	G	S	E	E
E	W	R	S	N	E	A	T	H	I
U	U	A	ß	B	N	T	T	T	!

Tafel 17

G	I	N	R	E	C	A	E	S	H
C	T	T	U	H	T	E	N	D	E
R	D	E	M	N	H	M	I	M	E
W	C	O	I	E	H	R	L	G	O
G	U	E	H	E	N	Z	F	N	D
U	Ü	S	F	D	R	H	R	E	S
A	O	R	T	T	M	S	D	M	M
C	E	A	E	H	R	N	W	E	S
R	E	N	C	E	R	K	H	T	K
E	Ö	T	E	S	N	U	N	I	H
N	I	E	E	G	E	H	I	V	M
T	T	O	A	M	V	R	N	A	O
D	D	N	M	E	G	D	G	R	L
I	R	T	A	E	A	R	U	V	M
A	B	E	D	U	T	R	E	E	D
L	R	R	O	I	E	M	C	E	I
I	H	B	N	R	W	T	S	G	O
E	A	E	H	N	M	B	L	Z	K
R	D	I	E	A	A	E	I	C	R
H	T	H	A	E	E	T	N	N	N

Tafel 18

W	O	E	Z	E	H	I	E	I	N	N	I	N	E
E	G	E	D	L	D	S	E	I	E	S	I	C	I
T	N	H	N	R	E	T	A	A	R	G	N	H	W
E	G	L	A	S	E	V	N	T	S	E	G	A	I
R	E	L	C	R	N	T	H	Ä	S	W	T	T	O
I	U	D	N	E	N	E	N	D	D	M	E	E	W
W	B	I	I	E	L	N	E	I	I	E	G	S	E
W	E	E	B	A	M	N	M	R	I	D	E	D	C
E	I	D	H	R	N	E	I	G	T	M	N	E	A
M	S	H	G	O	E	E	D	N	L	I	E	D	B
M	S	E	S	S	L	N	T	T	I	I	V	E	C
C	E	N	H	H	R	D	T	T	G	I	S	B	E
N	B	E	S	G	E	S	S	E	R	C	E	S	A
H	N	I	U	E	E	N	B	R	I	N	T	T	N

Tafel 19

E	S	V	J	I	E	O	E	N	E	R	D	S	L
D	E	I	E	E	R	C	S	R	T	H	P	W	A
R	R	I	G	E	I	R	B	R	C	K	R	O	H
U	I	R	W	N	N	T	E	G	G	E	R	E	T
I	D	I	M	N	I	N	E	L	R	E	I	A	G
S	N	U	E	S	E	T	R	E	M	R	A	U	H
E	T	F	E	R	E	Z	R	W	N	E	Z	E	N
R	E	I	I	S	N	N	C	S	S	E	H	E	C
I	T	I	H	N	Z	O	W	F	U	F	E	R	F
R	R	E	R	E	E	U	A	U	P	N	G	N	L
D	E	D	A	D	N	A	G	E	W	U	E	R	I
F	N	L	E	D	A	I	E	E	N	E	S	I	D
B	M	N	E	E	I	E	R	N	R	R	E	Ä	G
H	R	H	E	U	A	R	H	T	R	T	E	!	T

Tafel 20

V	M	D	U	E	I	E	N	R	R	I	E	W	I
N	R	Ü	M	E	R	S	H	R	E	T	A	W	I
E	U	A	C	T	P	N	H	D	T	G	T	U	E
E	I	R	D	B	S	C	R	I	T	H	E	L	D
D	H	D	E	E	T	B	I	N	V	E	N	W	E
G	E	Ü	R	L	S	S	B	E	C	T	O	I	H
E	R	T	Ö	N	G	E	N	F	E	T	H	R	N
F	E	E	S	R	I	U	I	E	T	N	C	U	S
D	H	N	O	E	D	D	W	R	I	L	I	L	E
I	E	I	L	C	M	E	E	H	E	G	I	M	I
E	D	I	N	I	E	C	G	C	N	H	E	H	S
I	F	D	C	N	Ü	E	H	J	H	M	A	E	L
S	F	D	F	C	T	E	Ü	H	Z	S	R	M	U
L	D	E	D	A	I	R	I	N	C	Z	R	D	H

Tafel 21

V	W	M	D	E	E	E	E	R	R	I	I	W	E
N	N	E	R	E	E	I	Z	L	L	L	Ä	I	O
E	H	E	C	B	L	B	K	E	T	E	E	I	D
I	N	D	I	S	U	E	E	T	N	M	L	K	D
F	E	E	D	R	I	I	E	E	D	N	S	U	E
S	G	N	N	C	L	D	W	H	Ü	E	I	W	C
U	E	I	K	N	D	N	E	D	E	D	S	B	R
E	S	E	D	L	I	G	I	D	N	E	E	E	D
H	E	N	S	R	I	M	O	E	N	A	L	D	B
N	E	E	L	A	I	S	U	U	C	W	T	S	H
E	E	D	T	I	N	E	Z	N	D	M	U	P	H
K	F	O	E	O	A	K	R	P	S	A	Z	F	S
L	E	E	E	S	M	T	N	G	P	R	N	E	F
E	I	N	A	I	C	U	N	B	H	ß	D	T	T

Tafel 22

S	K	U	L	C	O	M	E	H	M	M	E	O	M
E	R	N	I	I	I	N	C	N	C	A	H	H	H
H	H	E	D	T	I	R	E	D	N	Z	I	E	T
B	N	R	E	I	E	L	R	N	R	E	I	I	L
B	H	C	I	E	M	H	P	N	G	G	P	S	E
E	E	W	S	K	B	Ü	C	O	E	S	H	M	C
T	R	M	H	E	I	E	E	E	T	N	R	I	T
A	W	N	E	B	O	S	N	E	V	T	L	R	E
R	Ä	N	R	O	ß	I	W	M	T	C	E	D	E
H	I	E	R	T	L	R	R	S	T	M	Ä	K	D
Ä	N	O	I	C	K	M	E	H	E	M	K	T	N
T	L	I	F	Z	U	G	R	U	G	S	E	M	H
C	I	G	E	H	E	E	I	W	N	D	T	I	L
E	D	L	A	I	A	L	U	H	N	T	F	N	N

Tafel 23

Ü	N	D	A	B	I	I	U	E	C	E	F	R	H
N	U	L	T	A	N	A	J	C	D	S	E	H	L
S	D	T	A	D	E	D	ß	I	R	E	T	E	D
R	U	L	E	K	N	O	R	R	S	C	S	A	V
K	E	F	O	E	I	T	N	N	N	I	D	I	A
S	E	C	N	T	R	H	T	H	S	T	L	E	C
D	I	U	H	E	T	T	E	M	Z	E	N	W	S
R	K	I	C	S	E	N	H	C	P	D	M	H	F
E	Ü	I	O	W	C	E	R	E	K	N	T	I	T
E	E	L	V	N	D	D	E	A	I	U	R	N	E
M	S	T	E	I	T	R	R	C	E	E	Ö	H	H
N	F	D	T	N	F	E	S	U	N	M	I	N	U
W	C	G	N	I	H	W	G	N	L	I	U	D	I
R	N	S	E	D	S	O	B	N	R	N	R	I	E
S	E	C	R	T	I	H	L	Ü	Z	T	U	B	Z
M	S	E	U	E	T	R	V	H	V	L	E	R	E
I	R	G	R	E	L	E	L	S	E	D	A	S	I
A	N	E	H	C	G	S	E	H	E	T	N	T	N

Tafel 24

W	V	K	N	O	O	O	A	?	R
M	C	O	B	M	H	S	Ö	D	D
T	S	A	E	W	E	S	S	I	M
S	F	N	B	I	R	D	L	N	E
I	I	D	U	S	C	A	N	T	K
S	D	D	E	H	E	E	M	E	S
R	Ö	R	D	R	G	Z	O	U	E
D	R	H	D	A	F	E	I	S	E
P	R	W	W	L	D	U	I	A	I
N	L	T	E	D	L	Z	S	E	I
D	C	W	C	E	H	I	H	N	Ö
E	E	S	N	D	I	I	E	E	L
C	W	R	E	H	A	K	N	D	N
E	G	E	G	H	L	R	E	R	E
F	G	E	I	R	O	K	C	E	T
R	H	U	T	A	D	N	B	F	E
D	E	T	N	E	W	U	L	R	A
N	Ü	W	H	D	F	Ä	R	M	T
H	E	U	E	L	N	T	N	T	!

Tafel 25

A	M	M	K	B	I	E	O	E	C	I	M
N	H	N	M	D	B	L	A	S	E	E	U
W	S	I	F	E	T	B	D	N	R	R	A
N	I	U	ß	D	C	H	W	I	K	T	I
E	T	K	R	F	E	E	R	R	I	I	O
E	N	N	S	M	S	E	E	D	C	N	N
E	H	A	S	N	E	U	T	B	L	G	R
E	M	E	E	T	E	N	U	E	N	B	E
N	A	L	N	W	U	I	W	E	G	C	E
I	E	K	I	N	I	V	N	I	N	O	I
C	H	R	N	H	E	Ü	U	M	R	B	N
E	Z	E	S	I	V	R	R	N	O	M	E
E	L	Ä	B	R	L	ß	E	H	T	G	C
E	R	E	H	I	U	M	E	M	G	S	R
A	G	C	G	T	E	H	I	F	W	M	E
E	E	E	ß	R	B	R	E	N	E	Z	N

Tafel 26

O	S	D	S	D	C	E	I	A	H
R	N	S	W	D	D	S	E	U	M
D	B	I	I	E	T	M	R	S	M
M	D	S	I	E	I	C	R	R	E
H	D	N	G	I	E	U	E	C	I
R	S	K	N	M	T	S	B	I	I
A	I	T	R	L	L	H	N	S	D
O	E	G	V	C	G	U	O	H	Ü
N	R	M	N	S	A	U	S	T	U
T	T	S	G	B	I	I	E	L	G
C	N	I	H	H	W	C	A	F	A
K	L	R	S	E	T	E	K	S	I
U	Ü	T	C	N	M	A	H	D	M
U	I	L	E	F	H	I	R	D	N
C	T	E	A	H	M	I	M	Z	I
N	S	U	C	E	A	M	H	I	U
I	D	G	M	R	E	N	Z	N	R
E	U	E	W	S	R	I	E	I	Ü
G	I	C	C	T	N	H	K	E	?

Tafel 27

N	W	K	O	I	O	E	B	C	L	I	D
H	L	N	E	T	E	E	R	S	H	R	L
V	E	K	I	O	R	A	E	M	R	N	B
L	D	N	E	E	E	S	Z	B	N	I	U
E	F	C	D	N	R	H	E	S	E	A	M
C	U	U	F	H	N	S	R	N	D	D	E
E	M	E	U	L	I	N	N	L	R	B	D
V	W	A	E	E	I	N	T	R	E	D	A
G	D	E	D	A	E	N	L	N	R	D	E
G	W	E	M	E	O	I	I	N	H	N	C
H	L	E	H	A	B	S	B	B	E	H	E
I	H	A	T	C	A	A	R	H	L	R	Ü
A	T	S	B	U	E	B	T	ß	N	E	E
E	S	F	N	R	E	R	N	G	N	E	I
R	D	I	C	A	E	E	H	M	N	N	T

Tafel 28

W	W	R	B	E	E	U	R	I	N	H	I
H	N	E	C	D	D	K	H	E	U	R	M
N	F	A	I	G	R	F	T	E	E	T	E
G	U	U	I	N	N	N	N	E	D	D	E
R	L	E	M	I	I	I	H	N	C	N	O
D	H	S	L	I	M	I	D	E	I	C	E
L	C	H	N	I	H	T	B	E	B	G	L
B	E	I	I	E	R	N	C	U	U	G	K
N	F	E	E	D	E	N	F	D	S	A	L
I	T	N	U	E	Ü	D	G	T	B	E	S
R	S	M	D	U	T	G	E	N	D	Ö	N
K	U	T	B	E	G	Z	A	N	R	E	N
H	O	N	N	E	ß	M	D	I	E	I	E
T	H	R	R	N	U	V	Z	I	L	E	A
C	D	R	U	H	A	L	B	T	N	O	E
E	M	R	R	I	I	E	E	N	R	N	I

Tafel 29

D	A	W	D	I	U	E	E	E	F	R	S
S	U	I	S	I	N	S	C	T	D	T	H
T	G	S	Ö	E	I	D	N	U	E	E	E
N	ß	R	N	G	D	M	T	E	E	I	A
T	R	R	G	R	F	D	E	E	R	I	S
U	E	E	D	Z	U	T	A	U	D	R	W
S	E	E	I	E	W	U	R	I	A	E	U
N	S	W	N	Z	S	A	S	E	E	H	G
I	R	R	E	G	I	T	F	T	N	D	U
K	D	E	N	L	E	M	D	A	R	E	E
R	S	D	N	S	C	E	B	I	H	L	L
C	A	S	E	H	L	I	I	J	E	N	B
E	H	N	E	D	E	Z	I	E	L	U	N
M	L	L	G	B	E	I	E	L	S	E	D
I	G	B	E	C	O	E	N	K	LD	?	K

Tafel 30

U	E	W	E	M	R	A	S	D	R	S
S	E	A	W	T	I	U	Ä	I	N	B
R	M	G	T	S	M	U	E	W	T	T
G	E	Z	E	R	N	U	S	A	N	R
U	U	J	T	N	S	E	R	D	A	N
A	D	M	E	U	E	M	S	E	I	I
F	R	N	R	R	M	B	M	E	I	Ö
E	U	C	S	I	N	H	E	N	D	D
S	H	E	I	F	E	S	E	R	R	H
W	A	Z	E	E	G	U	R	L	E	N
Z	T	S	D	G	U	T	B	E	N	E
A	N	D	T	R	E	W	S	G	I	A
N	M	G	S	U	I	T	I	R	R	Z
N	D	S	U	I	I	E	R	H	C	I
L	R	H	N	I	M	A	G	E	A	L
E	B	G	L	S	E	S	E	I	W	E
I	C	Ä	I	N	H	R	N	!	T	E

Tafel 31

Z	H	M	O	I	O	Ö	D	E	F	G
U	L	F	E	D	E	N	K	E	M	U
E	R	I	N	I	M	T	G	N	I	D
H	E	C	E	E	R	H	M	G	J	E
W	I	E	R	I	C	E	M	M	H	R
O	P	A	L	R	E	U	E	D	R	F
I	E	N	D	D	N	P	E	E	D	F
S	N	D	E	F	W	I	I	R	A	E
L	E	S	M	E	U	I	E	N	N	C
N	I	D	H	S	M	E	D	C	M	S
U	H	E	N	R	L	R	A	C	I	N
C	H	C	A	H	D	H	C	S	I	K
H	I	E	E	D	C	T	I	E	H	R
T	M	T	E	N	H	S	N	I	E	V
N	C	R	O	U	H	Z	L	N	T	E
L	G	K	N	E	L	E	M	H	I	N
I	U	T	N	R	L	T	T	!	D	!

Tafel 32

H	I	D	S	E	C	U	E	R	H	D
I	Z	W	E	N	A	I	R	G	M	L
A	E	G	L	L	D	A	I	L	E	U
N	E	N	E	M	S	K	D	E	S	I
E	I	C	C	I	N	H	H	N	E	O
D	E	M	N	E	S	H	B	R	F	E
E	D	R	R	S	A	E	Z	I	N	U
E	T	I	N	N	Z	M	D	T	E	M
E	R	T	E	S	E	W	R	W	U	A
A	A	D	S	U	N	E	M	F	D	N
A	D	E	G	N	E	L	R	A	R	S
A	U	R	T	M	F	E	N	U	D	I
I	M	E	S	E	D	R	E	M	I	W
M	E	C	E	E	H	H	L	I	R	B
T	N	D	E	B	G	U	W	E	E	V
A	G	D	O	H	E	A	R	R	H	C
B	E	R	H	E	N	T	T	I	!	!

Tafel 33

J	W	A	D	E	I	U	I	N	R	F
E	E	S	D	S	M	T	I	C	L	D
E	H	I	U	W	Ö	E	D	E	N	B
E	L	E	L	N	T	N	I	G	U	D
C	R	N	I	H	A	D	E	E	M	I
S	N	D	H	E	R	E	R	R	U	R
E	W	B	Z	G	E	I	E	Ü	L	N
I	T	T	E	T	E	K	D	N	R	A
A	O	L	N	N	C	E	N	K	H	G
M	I	L	E	A	C	A	N	N	H	N
I	D	D	G	C	U	A	I	H	R	U
M	T	C	E	H	Z	H	R	E	U	G
N	R	G	O	D	Z	R	L	E	E	O
D	N	N	S	E	G	N	S	R	E	Ä
E	L	N	H	N	A	U	R	W	N	S
E	E	G	S	N	R	E	❀	?	T	N

Tafel 34

M	D	M	O	A	E	Ö	W	C	R	G
E	H	B	E	H	E	O	D	E	D	T
E	D	I	E	I	A	R	M	N	ß	D
I	E	D	I	T	H	E	E	D	O	R
Z	E	L	F	E	M	D	R	I	B	E
E	T	R	S	U	Z	I	C	N	U	E
H	D	N	F	Ö	M	U	E	N	I	T
D	H	C	Z	E	E	H	E	R	I	L
N	K	T	I	A	O	S	E	C	M	I
ß	H	M	C	I	D	T	H	N	E	V
V	W	M	O	E	E	M	M	R	H	A
G	M	U	ß	A	E	N	E	U	H	D
D	D	R	G	E	E	E	R	I	S	N
A	N	F	I	M	E	R	M	U	R	E
M	N	K	U	E	D	R	N	R	F	A
D	D	L	F	E	A	O	T	S	R	H

Tafel 35

D	D	D	A	U	E	U	N	S	R	R	G
I	L	C	U	T	I	H	T	Z	E	W	E
E	B	I	N	S	E	S	M	T	B	S	E
W	A	E	N	O	H	N	S	H	N	K	C
L	I	O	H	G	S	M	E	E	T	M	N
F	E	T	S	Ü	I	D	O	H	N	E	L
L	E	R	L	L	B	M	S	O	A	E	T
S	H	N	D	N	N	S	U	U	D	C	N
R	I	H	I	A	E	Z	E	N	K	U	M
E	E	R	A	I	I	M	L	N	N	E	S
E	E	N	B	S	G	S	Ö	B	R	C	S
A	E	H	E	C	N	L	H	H	Z	I	A
E	E	C	N	S	K	H	D	R	E	K	E
A	N	E	L	N	N	I	N	D	T	T	!

Tafel 36

L	D	A	V	A	E	U	E	S	R	S	R
S	W	D	T	A	E	E	R	L	G	R	A
T	Z	H	U	E	U	A	D	N	D	N	E
W	I	D	R	E	R	D	M	I	I	R	U
N	S	O	T	U	T	H	T	N	D	T	E
S	O	M	R	Z	R	I	»	U	N	R	W
R	E	D	E	E	N	A	L	R	V	S	T
N	O	H	«	E	L	E	N	U	L	R	I
R	V	Z	C	U	E	Z	H	N	R	U	T
G	S	S	A	F	C	C	L	L	H	H	L
I	L	L	Z	E	U	Ü	U	S	N	P	S
S	G	F	E	E	E	E	H	N	N	N	R

Tafel 37

M	I	E	B	E	C	I	E	I	H	N	H
N	M	T	A	M	Ö	I	N	O	C	E	D
N	H	F	L	D	T	E	E	V	E	R	D
E	G	Z	E	R	E	A	I	L	R	U	N
I	N	B	E	E	M	E	N	ß	E	R	F
D	I	N	E	I	N	I	I	E	H	M	N
S	E	M	D	T	R	T	N	A	Z	M	I
D	V	E	C	T	O	I	H	I	R	N	T
N	D	H	A	D	I	E	L	I	R	R	L
E	E	Z	Z	S	N	G	U	E	T	E	S
R	F	F	C	W	A	A	H	O	L	N	L
C	T	G	I	H	E	E	M	E	N	N	M

Tafel 38

W	W	V	D	U	I	E	E	N	R
R	M	D	S	L	W	E	T	A	Ü
R	D	S	R	B	U	S	D	A	N
E	I	R	O	D	G	E	C	U	E
M	H	M	N	E	L	I	M	L	A
C	A	O	N	H	N	D	G	N	N
I	E	I	W	E	Z	M	Ü	N	E
M	R	S	I	E	D	T	T	R	I
I	S	B	C	M	O	I	H	M	H
S	M	T	A	T	I	D	R	J	C
E	T	A	H	R	U	M	D	L	N
E	I	I	D	I	E	E	G	N	N
B	R	A	S	E	A	U	T	S	U
G	B	Ä	S	E	A	N	A	N	R
G	M	L	W	E	S	I	E	R	E
C	I	A	I	H	H	N	N	T	N

Tafel 39

K	G	N	B	O	I	A	E	M	B	C
D	M	T	H	Ü	U	E	D	R	N	S
E	F	D	F	I	T	B	R	N	I	E
O	E	G	H	H	R	T	A	E	L	E
N	R	I	U	D	E	P	R	L	G	P
E	E	E	E	R	N	D	S	Ä	I	A
E	R	M	N	H	Z	M	K	N	T	E
E	E	E	R	N	T	S	M	A	D	E
I	L	A	I	T	S	S	D	S	A	H
E	O	N	E	I	L	B	R	N	C	E
Z	T	H	C	S	E	E	H	I	U	M
E	C	R	G	R	H	E	R	U	G	S
O	N	A	L	L	D	R	E	L	A	S
B	E	N	O	E	M	W	S	N	I	E
E	N	C	I	H	I	H	N	R	E	!

Tafel 40

N	E	N	I	I	S	I	N	C	T	E
E	H	R	H	I	T	I	Ä	T	R	T
L	L	Ü	T	T	E	H	I	E	N	M
N	I	W	L	S	N	Ü	I	A	S	N
C	U	Ü	S	H	G	ß	C	I	E	E
H	S	M	R	E	T	I	M	N	S	R
U	N	S	N	N	U	I	U	D	R	C
R	W	V	H	S	A	E	S	T	S	R
E	E	E	G	L	T	R	E	B	S	V
U	S	D	E	D	T	E	R	E	Z	I
S	I	U	N	P	C	Ü	K	R	H	B
O	O	D	E	N	C	A	R	T	H	S
H	E	E	L	E	R	N	E	B	F	H
B	E	E	A	E	N	I	T	N	!	❀

Tafel 41

W	V	F	I	E	O	R	C	H	R	E	H
D	B	U	K	A	E	N	Ü	ß	S	D	S
O	T	D	S	H	I	I	E	N	M	E	S
E	M	G	E	R	T	E	I	E	Z	L	N
T	U	E	E	T	R	G	L	U	S	E	I
N	C	N	P	G	H	H	P	M	E	E	E
I	N	I	U	C	K	T	N	H	E	S	D
D	H	I	T	E	A	E	R	R	T	H	I
S	D	S	N	C	E	T	K	H	R	D	E
M	S	U	F	E	C	E	R	R	H	N	Ö
Z	Ö	T	H	V	P	S	L	E	F	C	I
R	E	H	C	Z	R	W	H	E	M	E	W
H	I	B	E	R	C	E	I	T	H	N	N

Sibylle Mulot im Diogenes Verlag

»Willkommen! Eine deutsche Autorin, die über Scherz, Satire, Ironie und Selbstironie verfügt: Qualitäten, die nahezu angelsächsisch anmuten.«
Kyra Stromberg / Süddeutsche Zeitung, München

»Sibylle Mulot versteht es, mit beredter Leichtigkeit, mit großer Genauigkeit und mit einnehmender Sympathie für die Figuren zu erzählen.«
Der Standard, Wien

»Eine Autorin, die großen Themen mit leichter Hand und viel Raffinesse beikommt.«
Susanne Schaber / Österreichischer Rundfunk, Wien

»Nicht selten hört man die Klage, daß die deutsche Gegenwartsliteratur besonders arm sei an gut geschriebenen und unterhaltsamen Büchern, die gedanklich gleichwohl nicht ›unter Niveau‹ gehen. Wenn dem so sein sollte, dann wäre dies ein Grund mehr, auf Sibylle Mulot aufmerksam zu machen.«
Helmuth Kiesel / Frankfurter Allgemeine Zeitung

Liebeserklärungen
Roman

Nachbarn
Roman

Das Horoskop
Erzählung

Die unschuldigen Jahre
Roman

Das ganze Glück
Eine Liebesgeschichte
Mit einem Hafis-Orakel im Anhang